媽宮舊街
台灣第一街
覓仔城街
宮口老街
總爺古街
鹽水老街
新化老街
鹿港老街
湖口老街
旗山老街
麻豆老街
岡山老街
哈瑪星老街
通山舊街
豐田老街
東港老街
北
繪圖
復製

台灣老街圖鑑

沈文台　文／攝影

目 次

圖例

本圖鑑共收錄三十九條台灣老街，每條老街均繪有簡明的位置圖（見下圖）以供讀者參考。統一使用的符號如右列所示。

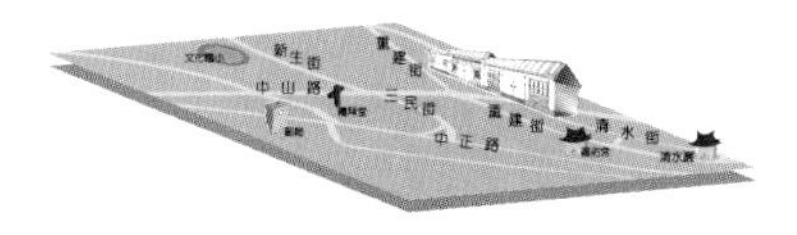

 中國傳統建築之老街

 日據西式建築之老街

 寺廟

 學校

 醫院

 郵局

 禮拜堂

老街的形成

▲澎湖二崁早期是典型的漁村聚落。

明朝末年，由於朝廷綱政疲弊，局勢動盪不安，加上福建沿海各地連年旱澇饑荒，閩粵一帶的居民爲了謀求生計，紛紛冒著生命危險，渡海來台拓荒墾殖。這些在瘴癘之地開闢草萊的移民，一方面基於耕種工作上的需要，二方面則爲防範土著番民的襲擊，多會聚居成村落或莊園。

後來，隨著移民人數激增，拓墾開發的範圍也日漸擴大，各個聚落的居民，彼此爲了方便「以貨易貨」，就利用村落或莊園附近的空曠地方，在選定的一些時間各自攜帶物產到現場進行交易。這種交易型態在北方稱爲「趕集」，在閩粵一帶則稱爲「趕墟」，由此形成的集市廣場就是台灣早年最原始的商業市場型態。

「趕墟」交易市集的源起時間、聚落居民「以貨易貨」的物產種類以及彼此之間如何進行交易的一些細則等「殊堪玩味」的有趣問題，在相關文獻都沒有翔實記載的情況下，很難追根究柢。唯一可以確定的是，在市集

▼早年渡海來台的移民，在海河港口附近形成村落的還原想像圖。

▲淡水舊街區中的通道，階梯的高矮和住宅地基台地必須相互配合。

交易相沿成習，逐漸蔚爲風潮後，一些原本到處流動的攤販爲了避免來回奔波或日曬雨淋之苦，開始在集市廣場上搭建簡陋的草寮竹屋，當作固定經營買賣的場所。這種由多家商販聚集在一起的固定買賣場所，就是日後爲人所熟知的「市街」。

港口街市的雛形

根據史料記載，明末清初年間，來到台灣從事拓墾開發的移民，最先開拓的地點多半集中在西南沿海的台南、高雄、北港等地。到了康熙末年，南部的開墾土地已漸形侷促，接踵到來的墾民只好又沿著海岸，繼續向北部地區推移。這一路就從苗栗、新竹等地，前進到了台北盆地一帶的平原。嘉慶年間，部分墾民轉爲東進，到達宜蘭的蘭陽平原；咸豐年間又由東海岸向南移動，最後到達自古以來一直被稱爲「後山」的花蓮、台東一帶平原。整個台灣島上可以耕作的平原，至此幾乎已經完全在移民的手中開花結果。

由於早年移民在台灣的拓墾途徑，大多沿著海岸，由南漸次向北推移。此一特殊的習性，自然而然也使得台灣早期形成的市街，跟隨著移民開發的行進方向，出現在船隻泊靠方便、水路運輸交通便捷的海港或河口附近，特別是港灣與河流汊道綿延密布的地方。譬如移民拓墾時間較早的澎湖馬公、台南安平、台北淡水、艋舺、新莊、基隆、桃園大溪、彰化鹿港、雲林北港、高雄旗後以及屏東東

▼大溪早年貿易鼎盛時期洋商林立；這是現存的一家洋商建築立面。

▶西螺農田水利會舊建築，二樓圓拱上的浮雕圖像手法細緻。

▲三峽老街是因農產集散地而崛起的內陸型街市，圖中的紅磚拱廊，開間立面簡潔寬闊。

港等地，都是台灣地區最早形成市街的地方。

這些濱臨著海河港口的市街，由於往來於台灣與大陸之間的貨輪商船進出頻仍，行商客旅與挑伕苦力川流不息，加上貨物轉運的舟車絡繹於途，這種種「得天獨厚」的條件，讓早年形成的市街幾乎全都成爲重要的海陸交通樞紐，同時也因貿易熱絡，萬商雲集，迅速發展成當地最爲繁榮熱鬧的街肆。

▲北埔聚落街市中磚石共構的民宅。這種防禦性強的住家，都由一旁的階梯小路進出。

內陸街市的崛起

不過，這些緊鄰於海河港口的早期市街，繁榮熱鬧的景象，到了清朝中葉開始出現興衰榮枯的重大變化。導致早期市街由盛轉衰的原因有二：一方面是由於台灣溪流川短水急，泥沙容易淤積於出海港灣河口，經常造成河流改道。二方面則是陸地上的道路交通建設陸續完成，原本以海河港口爲主的市街型態，逐漸轉移至農產集散運輸方便的內陸地帶，尤其是位處平原與山區交界的出入孔道，例如台北

▲山村型態的奮起湖街區，住宅跟隨山丘起伏而建。

的金山及三峽；新竹的北門和北埔；台中的南屯、大墩、梧棲；雲林的西螺、斗六；台南的西門、新化、善化等地的市街，都是得利於陸地交通而崛起的商業重鎮。

日據時期，日人爲攫取台灣島上豐富的農林漁礦等資源，在占領台灣短短數年之內，相繼於各地完成糖廠、縱貫鐵路、基隆港、高雄港及阿里山森林鐵路等重大建設。這些建設帶動

▲汐止大同路的蘇家宅邸，外貌仿廈門、汕頭形式。老街兩旁街屋的美麗由此可見一斑。

了沿線地區的發展，並產生了一些新興市街，例如基隆崁仔頂、台北汐止、新竹湖口、嘉義奮起湖以及高雄旗山、岡山、哈瑪星等市街，重要性與日俱增，逐漸取代海河港口與內陸農產集散要地的市街，成爲日人口中自我炫耀的「通商港埠」、「都會驛站」及「工商都市」新貴。

建街造鎮

當時地方上富甲一方的鄉紳土豪看見日人如此大刀闊斧的建設，認爲前景大有可爲，不惜自行斥資或籌措龐大資金，孤注一擲地展開所謂的「建街

▲金門早期建造的住屋以彩紋瓷磚作爲襯飾，古色古香。

造鎮」行動。這些由家族、私人或商會建造的市街，包括草屯和平新街、麻豆街、金門後浦模範街等，都是當年曾經轟動一時的新興市街。

事實上，這些從明末、清代或日據年間陸續形成的市街，不論當初形成的環境背景因素爲何，也不論現在以何種街貌存在，都曾經記錄著台灣或風光或滄桑的發展歷史。先民腳上踩過的曾經是塊蔓草叢生的荒漠之地，當他們踏平了崎嶇，聚成了街市，選擇可以世代安居的地方傳承香火的時

▲金門模範街是由商會集資建造的洋樓街道。街屋中有不少石造牆身民宅，與當地聚落建築截然不同。

候，心中就已經確定了台灣是個能夠長治久安的樂土。百年後，當我們重回先民建街造市的地點，看到的不應只是斑駁的牆面、傾頹的屋簷，而是一種新生的機會與希望。

台灣的每一條老街雖然難免在歲月摧剝中逐漸蒼老，摧蝕了曾經光采美麗的面貌，但對生活在這塊土地上的人來說，卻都是彌足珍貴的寶藏。

老街的建築

▲雕飾繁複的巴洛克式山牆。此一類型在大溪老街建築中最常見。

街屋建築除了是買賣營生及日常居住的場所之外，也是社會物質文明與歷史進程的具體象徵。

台灣是一個多元族群的社會，在數百年來的發展過程中，先後有許多來自大陸不同省區的移民參與拓墾開發，又經過荷西、明鄭、清統、日治和民國等不同時期的經營治理，如此錯雜的時空背景[illegible]反映在台灣的建築面貌上。在建築樣式上，各個族群有其自我堅守的一貫原則與喜好，而不同時期的當權者也將西式的建築風尚引入了台灣。因此台灣建築的面貌多變，既反映了大時代的政治變遷，也勾勒出每一市鎮的發展輪廓，這些特質在台灣現存的老街上更爲明顯。

要瞭解台灣老街的建築特色，必須追根溯源地深入探究每一時代的族群特性，以及當時社會政治經濟的梗概，才能全盤理解台灣街屋建築與發

▼留存於大溪中正路上的一列巴洛克式立面建築，原有的店面屋身已拆除。

▲山區的農村聚落。

展風貌的來龍去脈。

其中，荷西時期荷蘭人引進的西式格子狀街區，以及西班牙人引進的地中海式建築，目前已經在台灣銷聲匿跡，其餘仍可見到的幾種代表性建築樣式，則按時間先後，概略區分爲中國傳統建築（閩粵式建築）與日據時期建築兩大類。

中國傳統建築

明末清初時期，閩粵一帶移民渡海來台開墾以後，由於受到土著番民及盜匪的威脅甚巨，且各個族群之間又經常因水源與土地問題而產生紛爭，在平原地帶沒有丘陵或山坡地形足以做爲屏障的情況下，必須藉著聚集居住的方式，以增強防衛力量。這種和拓墾居民生活環境密切結合的集村型態部落，通常都稱爲「聚落」。

早期的聚落性質不盡相同，建築風貌也有極大的差異。當時較爲常見者，不外乎街市聚落、平原農村聚落、山區農村聚落及漁村聚落四種。

其中，街市聚落大多爲當地農產的集散地，位於水陸交通要衝，也是區域性的經濟中心。聚落內的建築多半以街屋爲主，其餘則爲分布在主要街道周圍的合院式建築，並以區域內的「角頭廟」當作聚落中心。聚落內的建築，不論街屋或合院，樣式幾乎全都沿襲自大陸閩粵等地，分爲單獨式與連接式兩種。前者屬於民宅住屋，後者則爲市街店鋪。

▲金門的閩南大磚建築處處可見，燕尾形與馬背形屋脊並存。

人口稠密的聚落街市，以連幢式或長條狀

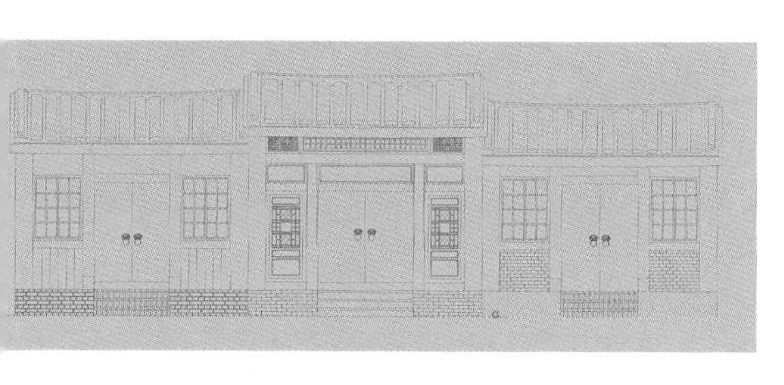
◀台灣早期的中國傳統建築樣式，幾乎全沿襲自閩粵地區。

▲以竹材搭建的住屋。從屋面牆身脫落的泥壁可以清楚看見竹片原貌。

的市街店鋪爲主。這種細長形的街屋，有如竹筒一般，在閩粵一帶稱爲「竹竿厝」或「竹筒屋」，單間的店面稱爲「一坎」，屋內的每一進稱爲「一落」；在每落之間的廊道或廂房則稱爲「過水」。緊密相鄰的兩家，共用一面牆壁（台灣民間俗稱爲公壁）。家屋櫛比相連，各在簷下闢設通路，稱爲「亭仔腳」。

市街店鋪的建築，通常都以紅磚或泥土中摻入稻草蒿稈製成的土埆來砌築牆壁，屋頂通常覆蓋瓦片，也有少部分使用隨手可得的茅草來圍牆築壁或鋪蓋於屋頂。瓦厝的屋脊兩端有燕尾形與馬背形兩種，屋頂則往往向前後二面傾斜，門及窗均爲扉門。

中部以南地區則有不少以竹材搭建的竹厝。竹材種類有桂竹、莿竹、長枝竹、麻竹等。木材建造的木屋則以扁柏、紅檜爲多，另有香杉、亞杉、楠仔、烏心石、茄苳、肖楠、赤皮、樟木等。

用於牆壁或屋身的磚材，分爲漳泉州出產的閩南大磚及日據以後製造的西式紅磚二種。漳泉磚接近正方形，年代較早者爲灰黑色，稱爲烏磚；年代較晚者爲金黃色，稱爲紅磚。日據時期的西洋磚尺寸：長八寸、寬四寸、厚二寸；磚壁的厚度則有四寸及八寸兩種。

石材砌築的牆壁，使用的石塊種類包括安山岩、沙岩、士林石、淡水石、石板岩，以及產於花蓮縣境及蘇

▲年代較早的閩南式灰黑色「烏磚」牆身。

澳的蛇文石、玫瑰石、大理石，還有澎湖特有的硓𥑮石等。其中以士林石和淡水石最爲有名。

目前台灣各地的老街，除了以茅草搭蓋的早期住屋因不耐風雨而早已拆除殆盡外，使用上述各類建材建造的房舍都還算普遍。

日據時期建築

清光緒二十一年（公元1895年），日人據台後，爲了迅速掌控情勢及穩定政局，行政治理機關的廳舍大多沿用清代舊有建物。不過，日人對於台灣

▲日據年間西螺延平路「市區改正」後的初期街貌。

島上各城鎮的居住環境卻頗有微詞，當時日人形容台灣「地形凹凸不平、家屋排列雜亂、街道狹隘陰濕、下水道臭氣四溢、環境髒亂不堪」，認爲實在有重整的必要。

明治三十年（公元1897年）一月，台灣總督府民政局長官水野尊前往中南部各地巡視，對警察、監獄、郵政電信等機關的辦公廳舍，以及當地市容觀瞻污穢髒亂的情形大爲不滿，加上有許多日人因水土不服而染病，於是斷然決定以「改進環境衛生爲首要目標」，在台灣本島及澎湖島廳同時展開第一次的「市區改正」。當年，

▲北港中山路經「市區改正」後的最初街貌。

日人除了制定法令、增加飲水及疏濬排水、建立衛生組合、設置公立醫院外，也將東京進行得如火如荼的明治維新運動搬到台灣，在台灣推展全面性的市街改正。

•明治木造街屋

日據明治年間，日人急切實施的市區改正，不僅著重於居家環境衛生的改善，同時也將道路拓寬、公用場所設置、都市防災設施、公園綠地等各項工作，列爲中長程計畫的項目。尤其是市街改正重點項目中的道路拓寬、

▲範土爲坯建成的土埆厝，這類建築多數在明治時期遭強制拆除。

傳統街屋民宅改建，更是箭在弦上，勢在必行。

當時，台灣由南到北的每個城鎮，主要市街上的傳統合院建築及竹木建造的土埆厝，幾乎都在強制拆除的一紙政令下化爲烏有，取而代之的是牆身屋頂整齊畫一的日本和式木造店鋪街屋。這些木造街屋的大量建造，主要是因爲建材取得容易且品質良好。當時作爲主要建材的杉木，都由大陸

▲日據明治年間的木造樓房。

福建源源不斷供應。以當時日人炫耀爲「台灣現代化新都市」的台中市大墩區爲例，區域內的中正路、成功路、平等路、三民路等幾個路段，到處都是這種和式的木造房屋，而且全部都是二層樓房建築。

目前大墩老街區中，平等路與成功路交叉路口一帶仍保留幾間獨棟式的木造街屋。由於建造時間已久，外觀已轉爲黝黑，有些人去樓空的木屋更是傾頹歪斜，搖搖欲墜。

除了台中市大墩區外，台灣各地的老街道及老車站仍有不少類似的木造街屋，例如艋舺地區的西園路、貴陽街，以及早年被謔稱爲「賊仔市」的萬華綜合商場一帶的街廓巷弄都可以見到。

•大正紅磚洋樓

日人從明治年間脫離封建制度後，保守的閉關政策一夕丕變，開始積極吸收西洋文化，對西方的建築風格更是傾心不已。大正年間，以閩南典雅的屋身格局，搭配羅馬式拱廊的紅磚洋樓建築，突然像雨後春筍般迅速在台灣各地冒了出來。

這種外觀形式包括圓拱、尖拱、橢圓拱、平樑及折樑等十多種的街屋立面，一時蔚爲風行。從台灣北部的湖口、汐止、三峽、中壢，經中部的台中、鹿港、和美、員林、田中、二林、南投草屯、芬園、雲林北港，一路蔓延到南部的麻豆、鹽水、新營、旗山、岡山、鳳山、旗津、東港、內埔、恆春以及東北部的宜蘭，甚至還飄洋過海影響到金門，舉目所見幾乎都是形制雷同的立面。大正紅磚洋樓流行速度之快，就像水銀洩地般一發不可收拾。

其中，排列最整齊且規模最龐大者，當推新竹湖口與金門後浦自強街（今稱「模範街」）。建於大正三年（公元1914年）的湖口街，與建於大正十三年的後浦自強街，都是雙層連棟紅磚拱廊商店街，立面頂端牌樓以磚砌裝飾爲主。湖口街的女兒牆與山牆上更布滿造型繁複的浮雕圖案、文字、堂號或商號名稱，整條街衢筆直

▲大正早期紅磚建築的簡潔立面裝飾。

◀大正時期巴洛克式建築立面構造圖

整齊，氣勢不凡。

這種羅馬式的紅磚拱廊洋樓建築，目前在台灣各地的老街中還是可以一睹風采。由於每個地方的環境、經濟能力、風土民情與建築手法都不盡相同，因此雖然都屬同一建築形式，只要細心辨識，還是可以找出同中有異的差別之處。

• 大正仿巴洛克式洋樓

日人自明治維新後，積極吸收歐洲文明，除引進西方國家的建築風格外，也不斷高薪禮聘英美各國的建築學者到日本傳道授業，爲年輕一代啓蒙新知。其中，最具代表性的人物，便是以擅長馬薩式建築馳名歐洲，後來促成日本洋風建築蓬勃發達的英國建築學者康德（Conder）。

康德在日本滯留長達四十三年之久，他一手栽培出來的第一代日本建築師，有不少人繼承衣缽，並「薪火相傳」地接連訓練出許多出類拔萃的第二代新秀。這些後起之秀冒出頭的時間，正好是日人占領台灣屆滿十年，最需要大批建築人才的時代。當時台灣各地大興土木，不論官方或民間，城市或鄉鎮，幾乎處處都有大展身手的機會，躬逢其盛的這些日籍建築師以台灣爲舞台，盡情發揮所學。目前充斥於台灣各地老街中，存在數量、街屋規模與樣式風格都名列前矛的「仿巴洛克式」建築，就是當時在台灣掀起風潮的代表作品。

所謂「巴洛克」就是繼承歐洲文藝復興之後，在建築界興起的一種新穎形式。「巴洛克」風格是泛稱從米開

▲大正巴洛克式建築，立面和山牆的形式，細看可發現有很多「同中求異」的變化。

▲造型和浮雕圖案繁複的山牆。

蘭基羅開始一直持續至十八世紀初期的一種藝術與建築形式，前後至少持續了五十年以上。「巴洛克式」建築的特色，在於以具象雕塑的立體外觀和周邊繁複的花草紋飾著稱。

不過，台灣老街所見的巴洛克式建築，並不是整棟建築物都以巴洛克式風格重新建造，而是僅僅拆除街道兩旁街屋的部分騎樓與門面，重新改建爲整齊畫一的立面，並在每一間街屋的門面上施造立體雕塑與繁複的圖案。這是順應道路拓寬、截彎取直及街屋改建最省事的做法。

台灣老街中以巴洛克式建築著名的街道，包括：台北三峽；桃園大溪；新竹湖口；彰化鹿港；雲林的西螺、斗六、北港；台南新化；高雄旗山等地，都是以街屋集中、數量眾多、造型多樣、變化繁複及保存完整而見稱。其餘老街的巴洛克式建築數量並不多，只是零星散布於街道中。

台灣老街的巴洛克式建築，立面裝飾之所以繁複誇張到令人眼花撩亂的地步，相當重要的原因就是當時在現場施工建造的，多是民間俗稱「土水師傅」的泥水工匠。人人幾乎都有相當豐富的建廟經驗，有些甚至還特別擅長泥塑雕作技藝。

爲了展現屋主富甲一方的氣派，工匠個個拿出看家本領，畢生所學全都施展在門面的泥塑浮雕上。許多原先只見於廟宇牆堵的圖騰、吉祥圖案與神話故事，紛紛躍上民宅牆垣爭奇鬥豔，其中也有工匠自己天馬行空所構思設計的圖案。在百家爭鳴、各憑本事的相互競爭下，立面裝飾的浮雕作品題材相當豐富，雕塑技法也更爲精緻細膩、巧奪天工。

•昭和現代主義建築

日據昭和年間，西方國家的工業革命風潮如野火燎原般蔓延至世界各地，

▲大正後期的山牆，已逐漸注重外觀線條與整體的協調性。

新興的時尚有返樸歸眞的趨勢，日人對誇張浮華的巴洛克式建築開始重新評估反省。正所謂物極必反，充滿放縱浮華氣息的巴洛克式建築，被日人打入冷宮，建築風尚一百八十度轉

彎，化繁爲簡的建築風氣正式登場，以水平線條強調理性與秩序之美的新式建築取代了原先令人目不暇給的裝飾風潮。這種建築風格就是目前所通稱的「昭和現代主義建築」。

在台灣各地的街道中，凡是從日據中末期留存至今的舊街，幾乎都還能見到這類建築的街屋。「昭和現代主

▲昭和早期的紅磚拱牆，同時採用多種不同結構與裝飾技法。

義」街屋同樣是二層式洋樓，但外觀簡潔明朗，注重線條的表現和比例均衡，突出的山牆多半由平直的女兒牆取代，繁複的花草紋飾銳減，並往往改成以幾何圖案爲主。整個街屋外觀呈現出簡單樸實的面貌，充滿了強烈的對稱美感。

昭和現代主義的街屋建築，大多以紅磚爲屋身牆面，開間立面和水平間帶採用洗石子施作，不再使用華麗浮雕裝飾。這個時期的街屋，將建築、技術與工業三者合而爲一，強調建築的人本主義精神以及建築與自然環境的密切聯繫。這種返璞歸眞的風格，

▲線條流暢，簡潔明朗，是昭和時期建築的一大特色。

正好也是中國傳統建築的一大特色。

不過，受到大正時期日人在台灣大興土木的影響，各地街屋大量充斥著紅磚拱廊與巴洛克式建築，而昭和現代主義的建築通常都是單一個案，很少見到整條街道大規模興建的情形。因此目前台灣老街中，想要找到昭和年間的代表建築可能得要耐心地尋尋覓覓了。

▼昭和現代主義式建築，街屋立面以洗石子形式居多。

老街的滄桑演變

▲桃園縣大溪鎮的興起，早年全是因水路交通之便。

台灣從南到北，由本島到離島，可以看到不少年代久遠，深具時代意義的老街道。這些老街部分保存良好，可以清楚分辨出各個時期的建築脈絡，部分則在不斷的拆建過程中汰換消失，舊街原貌已不復可尋。

在時代變遷中衰落速度最快的老街道，要算是早年濱臨海河港灣，因貿易鼎盛而興起的市街。後來在河道淤積，港口機能衰退後，昔日商船輻輳、人聲鼎沸的熱鬧街市，立即隨著航運的喪失而日漸蕭條，最後終於一蹶不振。至於位居內陸物產集散要衝，因商賈聚集而繁榮的街市，則因

▼台灣老街的全盛時期幾乎都集中在清末與日據期間。圖爲建於大正初期的湖口商店街。

物產銳減或經濟型態的改變而漸失其地位，再也難以恢復舊日盛極一時的繁榮景象。

地形的自然變遷

滄海桑田的變化、現代化的急遽衝擊以及社會經濟型態的改變，是早期台灣老街由盛轉衰，從絢爛歸於平淡的重要原因。

▲大溪中山路的紅磚拱廊住家，豪華程度可以看出當年大溪的繁榮。

就以舊稱「大嵙崁」的桃園縣大溪鎮來說，這個現在以豆乾和木刻家具聞名遠近的小鎮，地理位置深入內地，四周群山環繞，如今看來既無交通之利也非物產豐饒的集散要衝，何以能得天獨厚成為台灣地區「傳統唐木家具」的重鎮？

事實上，大溪得以興盛崛起，完全是拜當時水路暢行之賜。三百多年來已先後多次改道的大嵙崁溪（今大漢溪），原本從南崁流經大竹圍出海，當年的淡水河，更可經由南崁上溯至大溪，此地即是大陸船隻航行到台灣北部的航路終點站。

由於水路便捷，大溪在清朝年間不僅是台灣北部相當熱鬧的一個港口，更是大陸漳泉等地移民渡海來台拓墾的重要據點。以中國內地傳統家具製作手法、雕刻和髹漆處理技術見長的「唐木家具」，也因漳泉一帶的唐山師傅來台後引入，使得類形繁多、選料求精、技法考究的「唐木家具」，能在台灣落地生根，發揚光大。

只不過世事難料，大嵙崁溪在歷經多次氾濫改道後，將地形狹長的桃園縣分隔為壁壘分明的丘陵山岳與濱海漁鄉，而昔日貴為國際港都的大溪鎮，也在此同時成了丘陵山地。連帶的，一度外商富賈雲集的大溪老街（和平路與中山路）也在地形劇變中由盛而衰。

道路的拓寬改建

除了大自然的變遷，市區道路的拓寬改建也是促使不少台灣老街在千帆過盡之後，幻化寥落的一大原因。

▲淡水重建街以高低泥階的形式建成，老舊住家密集於道路兩旁。

▲淡水老街生活步調緩慢，進出者多是上了年紀的居民。

以北部淡水的重建街爲例，這條從「福佑宮」媽祖廟旁斜坡往北延伸的街道，路幅雖然狹小，沿途又是陡峭的階梯，可是這裡卻是早期淡水地區最爲重要的陸路交通要道，可以聯絡淡水河邊碼頭與北方山丘上的聚落村莊，就連三芝、石門等地的民眾，都必須從重建街走到福佑宮的市場購物。當時的重建街可說是淡水鎮人氣最旺、交易最熱絡的市街。

然而，因爲新生路（從淡水中山路通往沙崙）的開通，狹長的重建街被攔腰截斷，到重建街購物的民眾必須先經過風馳電掣的四線道大馬路，險象環生的情形屢見不鮮。時日一久，不少民眾乾脆轉移陣地，改往新興的清水街市集消費。如今重建街只剩下空蕩蕩的水泥階梯，與全盛時期人潮壅塞的景象形成強烈對比。

再以早年享有「九萬十八千」美譽的基隆暖暖舊街爲例，原是基隆河最上游的一大港口，是昔日台北往來宜蘭的交通要衝。當年艋舺商人要到宜蘭，必須先搭船到暖暖，再循著東勢坑往十分寮、楓仔瀨，經頂雙溪進入宜蘭。正好位在水路和陸路交接口的暖暖，便捷的運輸管道讓十分寮等山區一帶的農產品如大菁、藤材、木材和鹿皮等，源源不斷地以小船從暖暖運至艋舺。而艋舺的南北貨和各種民生用品，也經由暖暖一批批運往山區出售。「貨暢其流」的條件自然使得位處交通要道的暖暖，成爲商業繁榮的重鎮。

然而，在通往基隆的縱貫鐵路通車後，當時施工中的宜蘭線鐵道就迫不

▲拓寬道路必須拆除街屋，常會破壞老街原有面貌。

及待先鋪好八堵至暖暖間的一小段，加上忽而高架、忽而鑽地的盤旋公路，使得基隆河航道淤淺之後，暖暖不可一世的風光盛況，瞬息之間從雲端跌落深谷。近年來，市地重畫帶動房地產蓬勃發展，一幢幢新建的樓房不斷吞噬舊有的稻田農地，暖暖舊街

▲舊日的繁華漸行漸遠，許多老屋都處在牆圮屋毀的狀態。

兩旁的木構老式建築，連殘存的片瓦磚木都無從找尋。物換星移，白雲蒼狗，暖暖再也感受不到絲毫古街的味道了。

天災肆虐

地震也是導致老街凋零或消失的「無情劊子手」。

日據期間崛起的台中縣清水鎮大街路，一度聚集著當時堪稱先進的電火局、郵便局、水道廠、清水山林駐在所、輕便車站等重要機關廳舍，以及專門供給富商巨賈交際應酬的「杏花天酒家」、韓國女子經營的「朝鮮樓」等風花雪月的娛樂場所，不料在昭和十年（公元1935年）四月廿一日的一場大地震重創之下，悉數化爲瓦礫灰燼。素有「清水第一街」之稱的大街路，經過災後重建及近年來不斷拓寬改建後，老街風貌全然丕變，往昔榮景已如黃粱一夢。

同樣位於台中縣，舊稱「大里杙」的大里市，早年曾與南屯犁頭店、北屯四張犁、東大墩等地，並列爲台中盆地最早開發的地區。但獨有水路舟車之便的大里，在移民的辛勤墾殖下，不久後即一馬當先，迅速發展成爲台中盆地上最富庶的地區。家大業大的霧峰林家，其祖先最早落腳台灣時，便是在此地開基立業。

大里杙的繁盛光景，雖然曾因當地富豪林爽文起兵叛亂而遭清軍放火燒毀聚落，一度元氣大傷。但「福興宮」媽祖廟前的大里街，仍可看見早年商賈雲集的舊跡，兩旁老式店鋪鱗次櫛比，且大多保留著木造建築的亭仔腳，街廓巷道縱橫其間，清淨樸素的土埆老厝悠然靜立。可惜的是，古意盎然的大里老街，在九二一大地震中嚴重受創，街貌滿目瘡痍。雖然大里

▲天然災害是造成老舊建築毀壞的原因之一。這是九二一地震時被夷爲平地的霧峰林家景象。

市公所已積極展開災後的重建工作，但復原作業曠日費時，且「新造的古蹟」能否確實還原舊貌，恐怕還有待時日證明。

老街的存廢爭議

▲日據初期北港中山路兩旁的清期市街店鋪。

在每個關心地方歷史文化與史蹟文物的人士心目中，老街不僅僅是某些城鄉市鎮從聚落型態發展到熱鬧市集的開端，更重要的是老街以不同的建築面貌生動地記錄下台灣某一階段的歷史軌跡，是草萊初闢到人煙稠密的歷史見證。

然而，在以商業利益或經濟發展掛帥的今日，老街狹窄幽暗的街道、斑駁殘破的陳舊建築都是阻礙市容發展的絆腳石，也是不合潮流的落後象徵。而在地狹人稠的台灣，所有的土地都必須密集開發或再度利用，老街上成排成列的低矮房舍自然成了建商覬覦的目標。種種的因素讓老街的存廢問題更加複雜，拆除與維護、開創與守成互相攻防，似乎永遠找不到兩全其美的解決方法。

▼日據昭和年間的北港中山路街貌。

力抗改建的宮口老街

長久以來，台灣老街的存廢爭議一直處在還原歷史文化與爭取商業利益的對立衝突之下。這齣是非糾葛、對錯交纏，而且針鋒相對的戲碼，似乎永無寧日，隨時都可能在台灣哪個角落登場演出。

▲清朝留存下來的北港「蚶仔街」，目前已悉數拆除改建。

以雲林縣北港鎮中山路「朝天宮」媽祖廟前的宮口老街為例，這條在清朝年間已是笨港東西南北八條市街中首屈一指的市集街道，當年兩旁的街屋店鋪全都是傳統中國式的二樓長條式建築。由於媽祖廟香火鼎盛，平日香客就絡繹不絕，遇上媽祖祭典廟會，更是車水馬龍，萬頭鑽動，將路面寬度僅有七公尺的街道擠得水洩不通，寸步難行。

日據期間，極力推動「皇民化」的日人，對宮口街每逢廟會就人滿為患的情形相當不滿，決定拆除街道兩旁的中國傳統式店鋪，以便將路面拓寬為二十公尺。當時朝天宮正打算擴建，按規定必須向日人提出募款申請。日人於是「將計就計」，以配合朝天宮擴建為由，打算在宮口街實施「市區改正」。

明治四十一年（公元1908年），日人發布北港街市區改正命令後，主持朝天宮擴建工程的前清秀才蔡然標，洞悉日人擬拆除中國傳統店鋪的詭計，順勢反將一軍。他激發北港居民的民族意識，呼籲民眾踴躍捐輸，集中財力完成朝天宮的擴建，來抗拒日人的市區改正。這場你來我往的拉鋸戰，直到昭和十二年（公元1937年）才讓日人如願以償地完成市區改正工作，距離命令發布的時間已有三十年之久。

台灣第一街的汰換

位於台南市安平區的延平街是台灣最早形成的市街。承襲清代台灣城市街道規制的延平街，原來的路面寬度不及三公尺，早年只是人力車、挑挽車與當地居民步行進出的通道。但這條

▲高樓大廈相繼出現，使得延平古街的面貌大為改觀。

▲台南延平街取代舊屋的新式樓房。

蜿蜒狹窄的街道，由於汽機車進出不便，當地居民在忍受多年後，於民國七十年向政府單位爭取拓寬。雖然當時的台南市政府力主維護古蹟，但終究功敗垂成。一條原來古意盎然的街道，在怪手摧枯拉朽之下，從此走入歷史，台灣的老街族群再少了一員，喜歡尋幽訪勝的人也失去了一個可以恣意漫步的去處。

如今，延平老街的景象中，除了一幢幢現代化的鋼筋水泥樓房外，就是一處處讓人觸目驚心，殘破不堪的斷垣頹壁。老街昔日俯拾皆是的古味，只能從深沉喟歎聲中緬懷了。

▲三峽民權路的街屋多半爲閩南式樓身，圓拱形的紅磚門廊相互毗連。

三峽老街的存廢爭議

近年來聲名大噪的台北三峽老街，也是一條經常在拆與不拆爭議夾縫中掙扎的老街道。全長二百多公尺的民權路，兩旁有一百多間商鋪，街道寬度還不到八公尺，人車進出不易。儘管在國內多位學者專家的眼中，三峽民權路是台灣少數保存較爲完整且深具歷史價值的傳統街區，一直以來卻未獲得妥善的維護與照顧。長期任其荒蕪傾頹的結果，目前老街一百多間店鋪中已有十餘家倒塌、三十多間列爲

▲老街歲月長，塵俗紛爭多。是非功過難論斷，何如悠閒下盤棋。

危險房屋，還有三十多間人去樓空。眼前還困守著老宅家園的居民，僅能以小生意勉強維持生計，對老街的未來茫然無措。

三峽老街未來的命運將會如何「收場」，目前眞的沒有人知道。

新化老街的重生

數年前死裡逃生的台南縣新化鎭中正路老街，可能是台灣少數際遇較爲幸

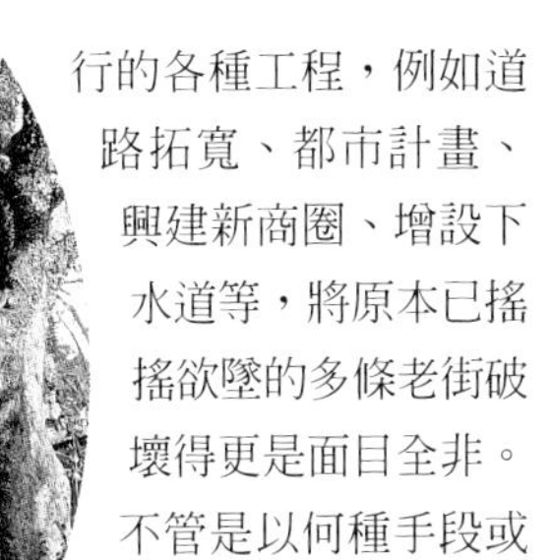
▲三峽國小校門口的綠蔭通道。

運的古街道。中正路兩旁有近五十棟日據時期興建的巴洛克式建築，路面寬度原爲十二公尺，幾年前台灣省公路局爲了改善交通，編列經費決定拓寬爲十八公尺。如此一來，讓當地人引以爲傲的巴洛克式建築，勢必要全數拆除。

消息傳開後，地方上的文史工作者群起抗議，不少學者專家也紛紛挺身而出爲老街請命。在各界全力挽救下，相關單位最後決定收回成命，放棄拓寬。新化老街逃過這場拆除浩劫後，地方人士更是珍視有加，不斷透過各種途徑爲老街的再造努力。如今，得到多方注目的新化老街正昂首走出一條新生的坦途。

這幾條老街不過是引發存廢爭議的少數個案而已。最近這幾年，不斷進行的各種工程，例如道路拓寬、都市計畫、興建新商圈、增設下水道等，將原本已搖搖欲墜的多條老街破壞得更是面目全非。不管是以何種手段或名義藉機進行的這些現代工程，或許是圖一時之便，或許眞的包藏著無限商機，但決策者是否應愼重地謀定而後動，因爲老街一旦消失殆盡，連帶著也親手毀滅了台灣發展史中重要的一個環節。這些伴隨先民一起走過歲月長廊的老街，也將永遠一去不復還，那麼歷史與文化對人類還有什麼意義可言？

▲新化老街上的洋樓木板屋，建築形式與風格獨樹一幟。

▼新化老街的巷弄入口加搭遮雨棚。

老街的再造重生

▲傳統式的店鋪街屋以石堵爲牆垛，開間木窗與門扉的形式極爲別致。

如何讓每條曾經光輝燦爛，而今繁華落盡的老舊街道再度重現生機，一直是政府相關單位、學者專家與地方人士多年來共同關注及不斷努力的重要課題。

不過，老街的重生再造，牽涉範圍太廣，其中包括複雜的環境因素、地方風情的異同、毀損程度、經費來源、專業復原的難度以及後續的維護等，影響的層面十分廣泛，成敗結果自然也就大相逕庭。

改造馬公老街

以台灣地區最早形成聚落街市型態的澎湖馬公中央街爲例，昔日素有「馬公西門町」之稱的中央街，老舊街屋建築及狹窄幽暗的街道，在馬公市急遽邁向現代化，進步一日千里的巨大

▼台灣老街曾經意氣風發地展現旺盛的生命力。雖然時過勢遷，老舊的建築仍然散發出精緻的美感。圖爲新竹湖口老街的街屋。

▲早期馬公中央街居民進出的狹窄石階巷道。

衝擊下，終於要面對時代無情的淘汰而日漸沉寂。

民國六十年代，澎湖縣政府為了挽救中央街老舊凋敝的頹勢，同時開闢了「惠民」和「惠安」兩條新道路，期望為老街打通任督二脈，讓老街掙脫困身於狹窄道路的窘境。不料新路闢建完成後，非但沒有如預期所見的替老街注入活力，反而破壞了老街原有的格局。

民國七十一年間，媽宮舊街所在地的中央街居民，向政府單位提出一項名為「老街再發展」的計畫。不過在進行道路施工的過程中，卻發現必須鏟除一級古蹟天后宮廟前的照牆及廟後的土丘，甚至還將嚴重破壞舊街早期聚落市街的特質，引起居民與學者專家的強烈反對，施工作業不得不緊急喊停。

民國七十三年，中央街經內政部指定為「歷史保存區」後，由於相關單位缺乏積極具體的作為，加上嚴格限制老街屋舍的翻修改建，更導致了中央街舊有屋舍相繼傾倒毀壞，人去樓空的空屋率不斷攀升。

民國八十三年，澎湖縣政府委託中原大學研究所，進行中央街保存區的規畫研究方案。中原大學師生組成社區工作隊，長期深入中央街內，不斷與社區居民進行多面向交流溝通，除了促使當地居民形成共識外，並且鼓勵居民自組委員會，推動保存區生活環境改善的各項相關事宜。

翌年，中原大學完成最後階段的民宅整建計畫後，由澎湖縣政府將中央街歷史保存區變更為「文化風貌特定專用區」，並且利用當年文藝季，在中央街盛大舉辦「媽宮街歲月」活動，以「民藝市集」為觸媒，期望能夠刺激產業復甦，為中央老街帶來重生的希望。

中央街的保存與再生，是台灣第一個推動社區總體營造工作的先驅。政府相關單位投入無數心力與經費，期

▲經過整建的中央街保存區，兩旁街屋形貌已不同於往昔。

▲斗六門大街的再造是個相當成功的典範，毗連的街屋中有洗石、紅磚及瓷磚等各種建材。

望能為國內更多老態龍鍾的舊市街，開創重新發展的契機，建立足堪仿效的典範。

雖然各界的努力不算徒勞無功，但顯然與原先預期的達成目標相差甚遠。根據澎湖縣政府最近完成的一項調查資料顯示，目前中央街只剩下四十六戶住家，其中僅有的十三家店鋪只能依賴棉被、布料、裁縫、化粧品及糕餅等老舊的民生用品營生度日，繼續枯守著徐徐西斜的「媽宮舊街」黃昏。

▲太平路街屋中象徵「旭日東昇」的山牆，上端飾有展翅老鷹。

斗六太平路的重生

不過，並非每一條老街的再造，最後都會落得功敗垂成的命運。舊稱「斗六門大街」的雲林縣斗六市太平路老街，就是成果相當豐碩的成功個案。

斗六門大街從清朝以來，一直是漢番商業貿易的中心點，同時也是漢人貨物進入竹山、鹿谷、集集等山區的重要中途站。由於街道兩旁商家雲集，很早就發展成為雲嘉地區的商業重鎮。

▲太平路街屋中裝飾華麗的山牆立面，在妥善的維護下保存良好。

太平路老街最主要的特色，在於道路兩旁的街屋分別興建於日據明治、大正及昭和三個不同時期，同時兼具三種風格迥異的歷史街屋建築風貌，與台灣地區其他建於日據年間統一風格的老街全然不同。

也正由於太平路老街有其保存的歷史價值，民國八十七年間，雲林科技大學和地方上對文史與歷史建築長期關注的有心人士，共同組成了「大街文史工作室」，開始著手調查老街和社區的文史資源，並且透過問卷調查的方式，向當地居民徵詢老街未來再造重生的可能性與發展方向。

民國八十八年端午節，大街文史工作室首開風氣之先，在老街上舉辦了雲林縣有史以來第一個封街形式的藝文活動。這場名為「非常端午——太平時期」的活動，不但引進各種不同形式的藝文展演作為媒介，同時也利用老街為社區空間，吸引當地廣大的居民熱烈參與，使一條原本冷清的老舊街道再度活絡起來。

這場藝文活動引來社區居民熱切回響，老街的再造計畫開始按部就班推展開來。先期的招牌統一製作與人行步道鋪設地磚逐一順利完成後，緊接著進行街屋立面山牆的重新塑造與修護工程。此外，為了使老街成為吸引遊客的觀光據點，為當地居民帶來旺盛商機，除了在老街上大量裝置夜間照明設備外，還開闢露天咖啡廣場，每逢周末假日實施夜間「封街」，嚴格禁止車輛進入，讓遊客可以怡然自得地在大街上一邊品嘗咖啡茶點，一邊欣賞老街絢爛耀眼的美麗夜景。

▲台灣傳統建築典型的穿斗式木構架。木造結構通常保存不易，因此必須小心維護。

在雲林科技大學和地方文史工作人士長期默默耕耘，以及當地居民的熱情參與支持下，原本暮氣沉沉的斗六門大街，如今已蛻變為生氣盎然的觀光新景點，既妥善地保存了深具歷史意義的老建築，也為老街居民開啓蓬勃商機，兩蒙其利的豐碩成果讓其他老街居民只能自歎弗如。

在各地已逐漸蔚為風潮的老街重生行動中，澎湖縣「媽宮舊街」的功敗垂成以及雲林縣「斗六門大街」的成就斐然，這兩種對比強烈的結果或許可以提供其他老街再造的參考與借鏡。

◀巴洛克式裝飾是台灣各地街道中常見的洋樓建築風貌，也是街道再造中亟需保護的重點目標。

老街的前景

▲鹿港古蹟保存區的傳統式木造店鋪街屋。

近年來，由於建築文化資產的議題深受重視，加上政府實施周休二日後，國內的旅遊風氣逐漸蔚爲風潮，使得原本冷清的歷史古蹟相繼成爲熱門的觀光勝地，尤其是不少經過再造、古意盎然的老街更引發觀光熱潮。許多關心在地史蹟文物的地方人士也紛紛經由田野調查、文獻資料蒐集、耆老口述、人物訪談等各種途徑，來爲家鄉的地理歷史、老舊建築、文史掌故、物產源流、自然環境生態，乃至於俗諺俚語、軼聞趣事等種種特殊的風土民情建立文字圖像記錄，藉以推展地方文化采風的觀光旅遊事業。

老街新面貌

其中，重新塑造老街面貌或賦予老街

▼台灣的老建築呈現出不同政經背景下的特有風貌，深具歷史意義。圖爲早期饒富西歐文藝復興風格的官方建築。

嶄新生命活力，是目前許多地方文史社團極爲熱衷且積極進行的一項工作。政府相關單位也順水推舟，因應這股潮流推動社區總體營造、城鄉形象商圈等政策，以經費挹注的實際行動從旁支持。

生爲地方人，不可不知地方事。處身在當前這樣一個快速都市化的時代裡，對於在都市叢林中奮戰的異鄉遊子來說，故鄉熟悉的景象是無形的支持動力；而對於老居於斯土的人來

▲重現早年市街中藥舖的樣貌，也是老街再造的一環。

說，伴隨成長的老舊市街更是共同記憶的一部分，其情感投射不可謂不深，這正是這些年來許多地方人士熱切投入於記錄地方史的原因。集思廣益尋找舊街區日後發展或啓動蓬勃商機的途徑，的確是未來地方或社區，邁向更具有歷史與人性化生活空間的中心目標與努力方向。

然而，不可否認的，目前許多老街的再造重生工作似乎較偏重於市街容貌的「汰舊換新」，主要考量也大多

▲台灣傳統建築屋簷下的步口棟架，形式繁複。

著重在如何將老街與地方史蹟、風土民情等結合，以便累積觀光資源來吸引遊客上門消費，作爲啓動老街生機的方式。這種可以立即爲地方帶來經濟效益的「短線操作」方式，在台灣各地都相當普遍。

爲老街立傳

事實上，每一條老街的形成都有不盡相同的背景，而且在歷史發展的過程中，也存在著許多獨特的變遷因素。綜合來說，台灣在短短不到四百年的

▼以閩南式大磚建成的住屋，年代雖久但保存良好。

▲仿造傳統建築也是當今的建築時尚。圖爲彰化南北管戲曲博物館。

歷史中，先後歷經荷西、明鄭、清領、日據及國民政府的統治，雖然每一時期都有互不相同的演進脈絡，但不論演變的過程與結果如何，總是與世世代代生活在台灣這塊土地上的人民息息相關。因此在前仆後繼改造老街的同時，其實更重要的是如何爲老街的歷史建檔。不過由於老街建立的年代湮遠，想要完整搜集老街的相關史料可能要比都市外圍或都市化較晚的一些舊有傳統聚落更加困難。

因此，在建立市街文字或圖像記錄的起步階段，可能必須先整理出一份

▲清代閩南大磚民宅多半見於市街的巷弄中。

屬於當地翔實的編年史，以便掌握地方的發展歷程。一來可以讓外地遊客在很短的時間內就能瞭解老街的梗概背景，二來也方便日後有志從事文史工作的人，對於當地的發展軌跡有較清晰的脈絡可循。

當然，深具歷史價值的不只是老街區，台灣現存的一些前朝時期興建的城門、廟宇和古宅第，也是珍貴的文

▲深坑「永安居」古厝，以石材砌築屋身牆垣。

化資產，由這些古蹟可以看出當時台灣與大陸一脈相承的淵源。同樣的，早年散布在各地通商口岸，如迪化街、貴德街、三峽、大溪、淡水、高雄鼓山等地的西式建築，也說明清末中西接觸下的「矛盾」之處，例如這些建築物爲了要在當時仍是中國版圖上的台灣生存，不得不做了某些程度入境隨俗的「妥協」，在大體上呈現出亦中亦西（或可稱爲不中不西）的面貌。

再以日據時期的建築爲例，有個相

▲西式建築在台灣建築版圖中也占有一席之地。圖爲高雄玫瑰聖母堂的哥德式教堂建築。

當明顯的現象，就是台灣有不少的街屋建築形式，是在日本明治維新之後由醉心於西歐文藝復興建築風格的日人所移植過來的，這些洋樓商鋪如今已成爲台灣現有老街中相當普遍的建築景觀。

台灣的市街面貌，除了日據時期所謂的「町區」洋樓住宅之外，還有不少國民政府播遷來台初期，隨著軍隊駐防於各地的外省人口軍眷住宅區，以及五十年代大量開發山坡住宅與工業區、六十年代重畫區陸續興建的國民住宅、七十年代的社區與都會市區的大廈建築等。這些外觀形式迥異的住宅，又何嘗不是台灣街屋中份量等重的一部分？五十年或一百年後，這些現代建築同樣也將成爲「歷史古蹟」，由後人接續研究。

也正因爲如此，當前正透過各種途徑，積極著手爲各地老街造史立傳的地方文史工作者，在用心蒐羅傳統聚落的開闢及老街的興起與沒落、街貌變遷發展等相關資料之餘，也有必要完整記錄下國民政府來台後各地街市建築風貌的變化。唯有如此，才能眞正呈現出一部視野遼闊、縱橫古今的「老街通史」。

街屋建築是文化與時代的產物，任何一種形式的建築風格必然都與當時的社會文化息息相關。因此每一階段的建築不管美醜，都具有其時代意義，最後都將在台灣歷史中占有一席之地。

▼每一時期的建築都有其歷史意義。圖爲光復至五十年代時期興建的磚木共構瓦屋。

▲台灣有不少老街的低矮民宅朝不保夕，隨時面臨被拆除的命運。

開蘭第一街

▲現已以爲住宅的街屋，亭仔腳以洗石圓柱爲主，立面女兒牆上除了商號外，還有簡單的圖案裝飾。

宜蘭縣頭城鎮和平街，素有「開蘭第一街」之稱。這條由無數先民冒著生命危險，翻山越嶺、遠渡重洋，在蘭陽平原辛苦拓建的老舊街道，不僅陪伴著先民走過顛簸的歷史歲月，同時也見證著時代環境的滄桑演變。

只是，滄海桑田幻化無常。昔日船舶穿梭、桅檣林立的港口，如今已成高樓大廈、車水馬龍的熱鬧市街；早年插竹爲圍、築壘爲居的聚落屋宇，不堪無情風雨摧殘，亦已傾頹殘破。「開蘭第一街」燦爛耀眼的盛世風光，終將成爲人們緬懷慨歎的古老遺跡。

▼南門土地公廟旁的紅磚建築，是宜蘭和平老街的起點。早期長條狀店面街屋，屋前亭仔腳的紅磚圓拱立面及方形磚柱爲一大特色。

歷史背景

宜蘭舊稱「蛤仔難」，原爲平埔族三十六社的居地。早年由於受到中央山脈的阻隔，加以盤踞在三貂角一帶的道斯卡族原住民，尚未接受文明洗禮，視馘首爲習常，漢人不敢擅越雷池。以致平疇沃野，溪流交錯的蘭陽平原，自古即以番境荒地的「後山」著稱。

直到清嘉慶元年（公元1796年），漳州浦縣人吳沙率領漳泉粵三籍流民一千餘人，在前鋒鄉勇戒護下，兵分兩路，一隊由陸路經大里簡進入，另一隊由海路經澳底在烏石港登陸。蘭陽平原的大規模墾殖，才正式展開。

舊稱「開蘭第一城」的頭城鎭，是吳沙等人落腳拓墾的頭一站，也是蘭陽平原最早開發的地方。爲了保護殖墾地，墾民先是興築土圍禦番，將此地稱爲「頭圍」，然後再繼續向外拓展爲「二圍」、「三圍」……，而且在分配土地的過程中，採用文書具結的墾地，稱爲「結」，共有「一結」到「九結」；採用拈鬮方式判定位置，稱爲「鬮」，譬如「二鬮」、「二鬮三」、「三鬮二」等。

這種以墾地先後順序爲「圍」，以文書分配土地爲「結」，以拈卜判定

▲「老紅長興」的立體浮雕門聯，是台灣各地少見的陽刻對聯。

位置爲「鬮」的獨特開發方式，已成爲蘭陽平原最特殊的人文景觀。

老街特色

「開蘭第一街」，從街頭南門土地公起，到街尾北門土地公止，全長約六百公尺。這條街道，也就是昔日「頭城街」的所在。南門土地公廟旁的長排紅磚街屋，是和平老街典型的傳統建築。兩落式狹長店面，第一進爲商店，上有閣樓及氣窗，後棟爲店主家

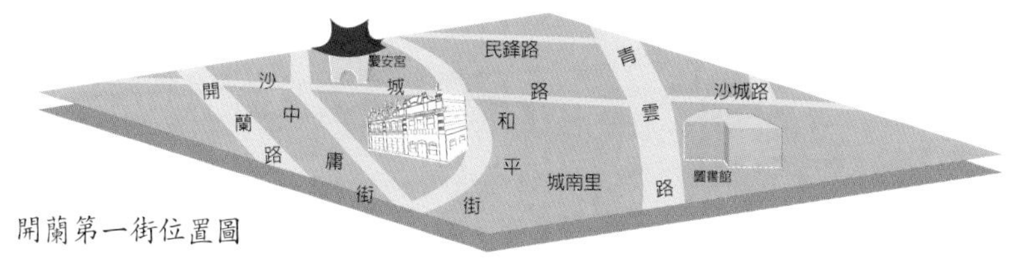

開蘭第一街位置圖

人的住處；屋前的亭仔腳全部由紅磚砌成圓拱狀，兩間店鋪銜接並立的方型牆柱，由紅磚疊砌而成，立面的兩支磚柱，則採用紅白相間排列。右側的洗石圓形柱店面，除下端有柱節石珠外，頂端女兒牆並鑲有店號及簡單雕飾。

和平街中段，有兩棟建於日據大正年間的店鋪，堪稱爲老街最豪華的建築，精雕細琢的木造門窗，月牙形彎拱門楣，處處顯現當年設計與裝飾的氣勢；尤其門聯上的立體浮雕文字，更是目前台灣僅存的陽刻對聯。

▲日據年間改建爲斜頂灰瓦住屋的「盧公館」，爲頭城鎮內唯一的別墅型建築。

距北門土地公廟不遠的盧公館，是老街唯一別墅型態的建築。盧宅最先爲燕尾翹脊傳統宅第，日據時期改建爲斜頂灰瓦圓拱式樣，庭院內花木扶疏，綠草如茵，環境極爲幽雅清靜。門前的大池塘，相傳是盧家鼎盛時期的專用碼頭，後來由於水道淤塞，才改闢爲池塘。昔時建於池中的水榭亭

▲和平老街的圓拱形騎樓，紅磚長廊十分優美。

台，目前僅剩基石，遙想當年風光歲月，令人不勝欷歔。

盧公館的右側，原爲板橋林本源家族的「租館」，當年建築規模在頭城數一數二，但現在已改建爲四層樓公寓。右側一棟二樓洋房建築，白色拱門圓柱，十分亮麗搶眼。

與盧公館僅一街之隔的一排老舊木構建築，是頭城鎮上充滿傳奇色彩的「十三行」遺址。「十三行」爲盧家

▲仍然保有原先平房格局與初建風貌的「十三行」倉庫。

商行與倉庫的總稱，外表已斑駁陳舊、殘破不堪。實在很難想像，這裡曾是蘭陽平原各種商品的集散之地。

賞遊景點

頭城鎮是北台灣進入東部的第一站，沿著濱海公路一路南行，除了群巒疊嶂、綿延起伏的翠綠山嶺之外，放眼所及盡是奇岩異石、海蝕景象令人讚歎不已的海岸地形。尤其來到蘭陽早期進出要塞的北關，城關遺址雖然不復得見，但此地巨岩與山壁對峙，氣勢宏偉壯觀，沿著步道登臨山頂，遠眺海天風光，對於大自然造物的奇妙與偉大自有一番體會。

▲頭城海岸的美麗風光，景觀隨著季節變化而有不同。

在北關還可遠眺宜蘭的精神地標龜山島。這座狀似巨龜俯臥的島嶼，過去長期列爲軍事管制地區，自從開放觀光後，已成爲國內熱門的旅遊據點。想要一償「台灣全省走透透，唯有龜山走不到」遺憾夙願的民眾，須提前辦理預約登記，才能登上這座海上生態公園。

此外，遠近馳名的頭城農場，是個保有原始風貌、未經太多人工設施雕琢的農村休閒場所。想要體驗悠閒從容的農家生活，或者是親子同遊共享知性之旅，都可以在這裡玩得盡興。

特產美食

從三貂角濱海公路到宜蘭頭城，沿途大小漁港密集，海產小吃店櫛次鱗比，出名的「魩仔魚羹」，是識途老馬口耳相傳的招牌美味；各家海產店新鮮魚貝種類繁多而且物美價廉，連挑剔的饕客都讚不絕口。

除了海產外，頭城盛產的「鹽水月」芭樂，也令吃過的人個個回味再三。每年仲秋盛產季節，頭城港邊的外澳、武營、金面、金盈等幾個村里，都可以看到村夫農婦忙著在地上曬芭樂乾的景象。

此外，聲名大噪的宜蘭名產「鴨賞」，更是遊客饋贈親友的「伴手」好禮。

▲以百年老店爲號召的宜蘭名產「鴨賞」，遠近馳名。

崁仔頂街

基隆市仁愛區孝一路，舊稱「崁仔頂街」。這條已近三百年歷史的街道，不僅是昔日雞籠最早闢建的第一條市街，同時也是基隆港由最初的海河港灣，邁向國際港埠的開發源頭。

▲老街後期建築宏偉的外觀已漸趨灰黑老舊。

又稱「漁行老街」的崁仔頂街，街道兩旁漁行林立，一年到頭路面濕漉漉，且不時散發著一股濃厚的魚腥味。老街建築雖然其貌不揚，但深夜魚市開賣後，車來人往川流不息，熱鬧的景象使整條崁仔頂街頓時成為「不夜城」。此一特殊景觀則是台灣各地老街所少見。

◀基隆市孝一路以「漁市街」著稱。

◀崁仔頂街上僅存的兩棟紅磚建築，造型外觀全然不同。

歷史背景

素有「雨都」之稱的基隆，原為平埔族社地所在。由於三面環山，正面港口大澳中開，外窄內寬，形狀有如大雞籠，此即舊稱「雞籠」的原因。清朝光緒元年（公元1875年），設置台北分防通判時，以象徵「基地隆昌」為由，改稱「基隆」。

基隆為台灣北端的大型天然良港，屢遭外國列強覬覦，先後曾被西班牙人與荷蘭人侵占。正式開發遲至雍正元年（公元1723年），才有一批漳州移民從八里坌登岸上陸，移徙至基隆牛稠港，在虎仔山腳落戶，搭築草茅魚寮，以漁撈航海為生。

後來，漳州人何士蘭率族人到虎仔山開墾時，將小山丘墾掘成為平地，並以土石填築於河岸，闢作碼頭及道路。山丘開闢成的平台，俗稱為「崁」；因此附近墾民將何士蘭家族居住之處稱為「崁仔頂」。隨著前來拓墾的移民不斷增加，此地漸漸發展為繁華熱鬧的街肆。

「崁仔頂街」成為雞籠第一條市集街道後，由各地移墾的居民越來越多，填河造陸的面積也越來越廣。北向海濱一帶很快發展成為「新店街」，商賈雲集，市況繁榮；南向河岸附近也不遑多讓，從崁仔頂至石硬港溪，迅速匯聚為「和興頭」街集。

日據明治四十年（公元1907年），日人將原先流向火車站前的蚵殼港，截流導入石山溪，至「和興頭」後再與石硬港溪合流，並以截彎取直的方式，闢建成「旭川運河」，供作港區貨運駁船通行，再將新生地興建為火車站與商船港埠碼頭。這項海陸並進

▲基隆火車站與陽明海運一帶的老舊建築區，都是日據時期「填溪造路」的新生地。

的大規模建設，不僅使得基隆躍居為台灣全島陸地交通的起點，同時也成了台灣對外通商經貿的一大門戶。

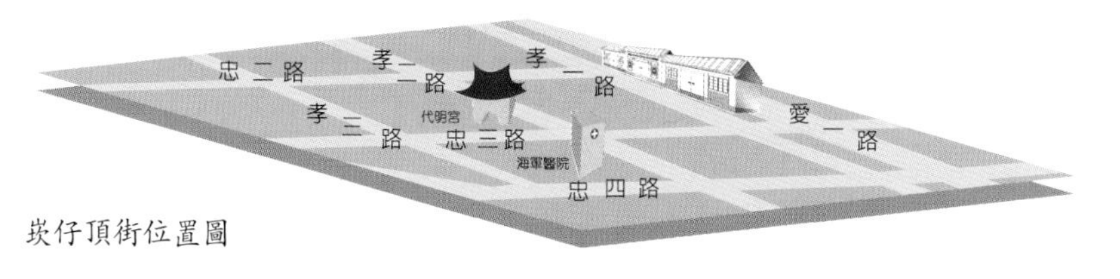

崁仔頂街位置圖

光復後，政府將日據時期高砂町、旭町等區域內的街道，東西向道路一概以「忠」爲名，南北向道路則稱爲「孝」，兩者均以數字依序畫分爲四條。其中，孝一路的前身就是基隆市最早闢建的崁仔頂街。

老街特色

日據大正年間，旭川運河的地位陸續被興建的碼頭取代，日人遂將崁仔頂街改爲「漁市街」。由於當時尚無冷藏設施，魚貨無法久放，漁民通常都先將魚貨煮熟，利用舢舨運載到河岸上的新源成、陳泰成、蔡鼎成、義隆、陳瑞一等幾家漁行販賣，然後再順道買些鹽油米等日常用品。當時，市街上除了漁行外，還有不少雜貨鋪、米店和飲食店。

後來，旭川運河經填平並興建爲大樓，崁仔頂街日據初期的舊有建築風貌已不復可見。不過魚貨交易反而更爲興盛，漁行也從原先的四、五家，增至三十餘家；魚貨種類除了加工熟魚外，還增加了來自全省各地的新鮮魚貨、進口魚貨、養殖魚貝和魚漿製品，種類和數量始終高居全省第一位。

午夜至清晨時分，從各地蜂擁而來的魚販、餐飲業者以及熟門熟路的行家，往往將這條長度不過才一百多公尺的街道，圍擠得水洩不通。各家漁行負責現場拍賣的「糴手」，連珠炮般的喊價聲音此起彼落。白天車輛穿梭的街道，半夜後變成人聲鼎沸的熱鬧市場。這條又稱「漁行老街」的市街型態，在台灣各地堪稱難得一見。

▲昔日的洋樓在大廈林立的基隆市區，只能算是低矮建築。

賞遊景點

崁仔頂街旁的孝二路，是早年風行一時的委託行街。這裡的委託行，在前清時期爲船頭行，專門從事大陸內地貨物貿易。四十年代美軍協防台灣及六十年代越戰期間，美軍船艦停泊基隆港，許多舶來品都由委託行代爲出售。不少商船和遠洋漁船的船員由國外帶進的舶來品與走私貨品，

▲燈火通明，人潮車陣川流不息的崁仔頂街漁市。

▲走過近百年歲月的洋樓建築，也曾風光一時。

也以整批方式「盤售」給此地業者，成爲委託行主要的貨品來源。直到七十年代，政府開放國外觀光旅遊之後，原本「奇貨可居」的舶來品地位不再，孝二路也逐漸褪盡光環。孝二路的市容街貌，近年來雖一再變遷，但仍可從殘存的舊跡中，遙想當年衣香鬢影的流金歲月。

此外，在篳路藍縷的開發過程中，宗教信仰是當時遠渡重洋的移民得以克服困境的精神支柱，昔日並稱爲「崁仔頂街三大廟宇」的慶安宮、城隍廟和源齋堂（現已改稱「代明宮」），分別奉祀天上聖母媽祖、護國城隍爺、太陽星君和太陰娘娘。這三座年代悠久的古老廟宇，各具淵源也各有特色。

▼孝二路「委託行街」，是基隆市府打造「海洋城市」的重點所在，整建後的騎樓煥然一新。

特產美食

距離崁仔頂街不遠的仁三路與愛四路，是基隆小吃總匯及基隆市最具特色和最大的觀光夜市。這裡的小吃街由於正好位於奠濟宮廟前，因此當地居民大多俗稱爲「廟口小吃街」。

▲魚市叫價拍賣的魚貨，種類繁多，論盤散裝叫賣。

這兩處美食天堂，小吃種類樣樣俱全，許多響噹噹的招牌小吃，如天婦羅、當歸魚頭、鰻羹、蝦仁肉羹、花枝羹、麵線羹、豆簽羹、八寶冬粉、原汁豬腳等，已成爲饕客指名品嘗的基隆小吃代表。

此地著名的特產還有蛋黃酥、棗泥酥、咖哩酥、豬肉糕、花生糕等傳統糕餅。

迪化老街

▲人潮川流不息的迪化老街，兩旁街屋新舊並陳。

素有「年貨大街」之稱的台北市迪化街，同時也是台灣地區中藥、布料和南北貨的主要集散地。早年富商巨賈雲集，燦爛光環至今仍然維持不墜，許多樸素的傳統閩南街屋以及富麗堂皇的西式洋樓，依舊完整如初矗立於街道南北兩段。迪化街充滿了傳奇色彩的發跡故事，至今仍讓人津津樂道，在台北市這個五光十色的現代化都會中，迪化街已然是最具歷史意義與盎然古味的一條街道。

舊稱「大稻埕中街」的迪化街，雖然只是幅員遼闊的台北盆地大稻埕區內的一條市集街道，但在大稻埕的發展過程中，迪化街始終扮演著承先啓後、繼往開來的重要角色。

▼迪化老街南段的洋樓建築，巴洛克裝飾造型繁複，極具特色。

歷史背景

清朝年間屬於「大佳臘堡」的大稻埕，原爲平埔族「奎母卒社」的居住地。清康熙三十六年（公元1697年）以前，這裡還是一片榛狉未啓之地，除了原住民部落外，尚未見到漢人的足跡。到了康熙四十八年，泉州人陳賴章向官府申請墾殖大佳臘後，才逐漸有漢人來往。

到了道光年間，台北盆地的艋舺、大龍峒等地都已先後形成熱鬧街肆，大稻埕卻仍舊是個人煙稀少的荒涼曠地。當時在此拓墾的居民，在永樂戲院與建昌派出所之間的空地，公設一處大埕，專作曬穀之用。這處曬穀大埕，即是「大稻埕」名稱的由來。

咸豐元年（公元1851年），原住雞籠的林藍田移居至大稻埕中街（今迪化街一段），興建三棟店鋪，開設「林益順號」，將華北、廈門、香港等地運來的內地貨物，銷售給附近農民，用以換取油、米、糖、茶葉、樟腦等物品，再輸往大陸各埠。林藍田的店鋪是大稻埕貿易營商的肇始，除了這家店鋪之外，整個大稻埕還是稻花飄香的農田。

咸豐三年（公元1853年），艋舺的「頂郊人」與「下郊人」爆發了一場大規模械鬥事件。落敗的下郊人，舉族倉皇逃往大稻埕。不擅長打架的下郊人卻有著精明的生意頭腦，遷移到大稻埕另謀發展後，人丁驟增、商業日盛，工商榮景還凌駕於艋舺之上，市街發展有如旭日東昇，由原先的大稻埕中街，迅速拓展至南街、中北街、普院街、益保裕街等地。規模宏大的大商鋪如「怡和鑽」、「復振行」等也處處可見。

▲迪化老街上的巴洛克式建築各有特色，圖爲山牆立面裝飾手法獨特的街屋。

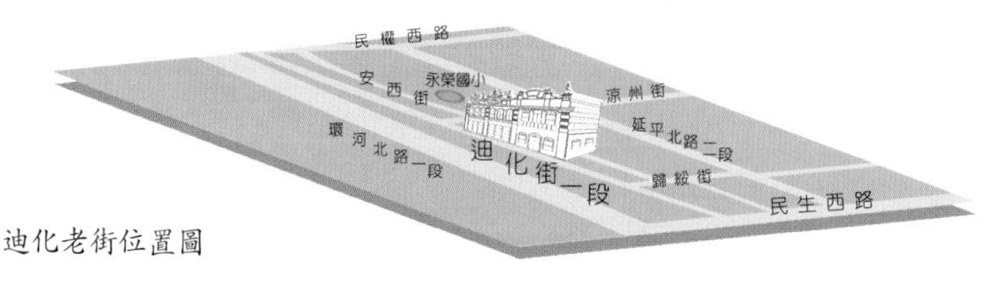

迪化老街位置圖

▲迪化老街的街屋立面，女兒牆裝飾圖案華麗。

光緒十三年（公元1887年），台灣納入中國版圖後，巡撫劉銘傳有心將大稻埕闢為台北商業區。除了大事擴張當地茶葉生產組織規模，創立茶郊「永和興」外，劉銘傳還大手筆整建市街，先後完成建昌街（今貴德街）、六館街（今南京西路西端）、千秋街（今西寧北路南端）等街市，同時還將大稻埕定為洋人居住之地，力勸當時巨富林維源等人投資興建洋樓，租予外商使用。這裡便成為台北市最早出現西式建築的地方。

大稻埕盛極一時的風光歲月，後來雖然隨著淡水河的日漸淤積而沒落，但已發展成為「財神窩」的迪化街，迄今仍舊保有熱絡的旺盛商機，也為大稻埕的發展過程，留下最為珍貴的一頁史蹟。

老街特色

迪化老街的範圍，主要分為北、中、南、中北四段。北段在涼州街以北，舊稱「杜厝街」、「普願街」；中北段在涼州街與歸綏街之間；中段在歸綏街與民生西路之間；南段由民生西路至永昌街。其中，從歸綏街口至台北橋頭的路段，街道兩旁有不少店鋪，採用閩南式的傳統建築結構，自南京西路向民生西路延伸的路段，兩旁街屋大多屬於巴洛克式建築的三層洋樓。

迪化街的巴洛克式建築，立面與山牆部分，主要採用紅磚和洗石子交互運用的手法，將頂層及窗前花台妝扮得極為富麗堂皇。四周的磚牆亭柱雖然著墨不多，但是紅磚與洗石子的搭配互用，簡單又規律，更能彰顯出上

▼走過不同年代的迪化老街，處處可見紅磚、洗石與瓷磚等不同建築材料並陳的街屋景象。

方女兒牆與山頭華麗裝飾的不凡氣勢。

迪化街綿延毗連的女兒牆，至少包括三角形假山牆、圓拱形假山牆、破山牆、鏤刻山牆等多種形式。紋飾圖樣除了一般常見的泥塑人物、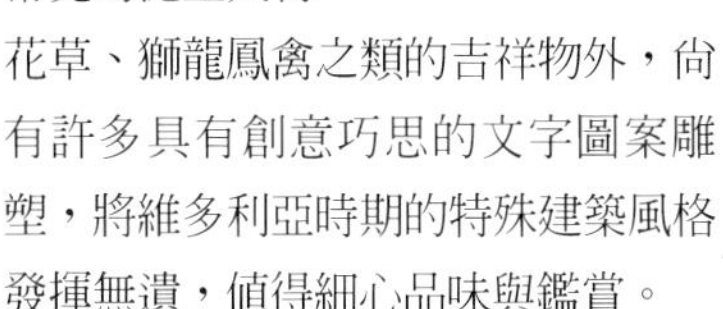
花草、獅龍鳳禽之類的吉祥物外，尚有許多具有創意巧思的文字圖案雕塑，將維多利亞時期的特殊建築風格發揮無遺，值得細心品味與鑑賞。

▲迪化街南北段為中藥材大本營，上門顧客以重視自身健康的中老年人居多，經常門庭若市，人潮不斷。

賞遊景點

迪化老街雖然又稱「年貨大街」，但主要的店鋪卻包括中藥材、布帛與南北貨三大類。其中，從永樂街、永樂市場延伸至南京西路、塔城街一帶，是台灣最大的布料批發商場，絲綢綾絨、布帛棉紗……，琳瑯滿目的種類和式樣，都令人眼界大開。

民生西路到歸綏街一帶的迪化街中南段，是南北貨批發商場。從山珍海味的乾貨、罐頭食品、五穀雜糧、糖果餅乾到蜜餞零食，幾乎樣樣俱全，而且貨品來源除了台灣各地外，還遠及大陸、日本、美國、韓國等地。每年尾牙過後、農曆春節前的年貨需求高峰期，香菇、烏魚子、枸杞、人蔘、鮑魚罐頭、金針、瓜子……，都是供不應求的搶手貨。

涼州街與歸綏街之間的中北段，則是各種中藥材的大本營，林林總總、無奇不有的動植物藥材，成為店家招徠顧客的「招牌」。經常可以看見中老年人進出此地，拿著一些所謂的「祕方」、「偏方」尋找藥材。貨源充足、貨色俱全是這裡門庭若市的一大原因。

▼伴隨「下郊人」一起逃難、建立家園，也見證迪化街百年滄桑的小城隍廟，香火鼎盛。

艋舺老街

▲立面與山牆運用不少雕塑技藝的精美建築，保存頗爲完整。

不論就歷史背景、人文特色或風土景觀來看，艋舺的獨特魅力在台北商業重心由西向東轉移的影響下仍然饒有韻味。走一圈艋舺老街，處處可見古廟史蹟，而許多難得一見的老行業，仍然在此眷戀不去。

閒適的心情最適合漫遊艋舺，慢慢走逛，感受歷史在這個古老市街所產生的發酵作用。在你悠悠彷如走進時光隧道時，請仔細觀察並珍惜這裡的人事物。老市容與老人、觀光客與車流，相安無事的妥貼感覺，可能是在其他地方無法體會的少有經驗。

▼貴陽街的紅磚街屋，立面爲日據大正初期的拱廊造型，上有簡單鏤空裝飾。

歷史背景

萬華舊稱「艋舺」或「蟒甲」。早年僅有平埔族凱達格蘭人居住於此，除以射魚維生外，也將所生產的苦茗、番薯等物品，用獨木舟載運至淡水河上游的大科崁溪與新店溪，和漢人進行交易。由於土著稱獨木舟為「蟒甲」，漢人遂直接音譯為「艋舺」。雙方主要交易的土產為番薯，因此艋舺最初形成的市街，也稱為「番薯市」，後來一度改稱為「歡慈市」。

道光至咸豐初年，是艋舺地區蓬勃繁榮的全盛時期，民居鋪戶約有四、五千之多，較之當時淡水廳治所在地竹塹的二千餘戶，多出兩倍以上。當時有「一府二鹿三艋舺」之說，讓當地居民引以為豪。

最早進入艋舺拓墾的漢人，多半來自泉州晉江、惠安、南安三地，亦即通稱為「頂郊」的三邑人，最初先以龍山寺為商業貿易中心，為使貨暢其流，陸續又創設北郊和泉郊。由於發展過於快速，與住在八甲庄（今中華路二段、廣州街一帶）同安、安溪、漳州籍的「下郊人」，經常發生糾紛，彼此關係勢同水火。

咸豐三年（公元1853年），雙方因碼頭力伕發生口角爭執，演變成「頂下郊火拼」大械鬥。下郊人居住的八甲庄遭焚燬，逃至舊稱「奎母卒」的大稻埕，另行建立新街。歷經這場大浩劫後，艋舺市街元氣大傷，加上淡水河日漸淤淺，船隻難以靠岸，貿易商業持續衰蹶不振，艋舺市況猶如江河日下。

光緒十二年（公元1886年），台灣巡撫劉銘傳擬將大稻埕規畫為台北市商業區，指定為外商設館居留地。一向閉塞保守的艋舺頂郊人，不但對設

▼低矮房屋與狹窄巷道，在老街區內處處可見。

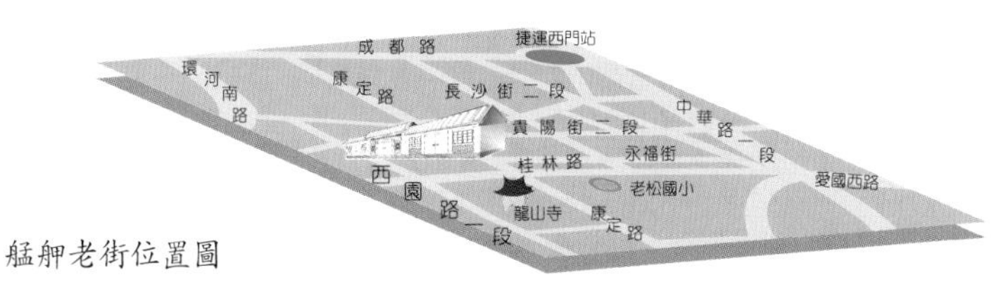

艋舺老街位置圖

▲經過整修改裝的街屋，舊有面貌仍然依稀可辨。

置商業區興趣缺缺，對洋行外商更是強烈排拒。故步自封的結果，徹底斷絕艋舺再興的機會。昔日不可一世、傲視群雄的貿易巨阜，終於成為過眼雲煙。

老街特色

艋舺是台北最古老的街區，也是台北市歷史的發源地。最初的市街形成於西南一帶，也就是目前貴陽街二段與環河南路二段的交接處。

老一輩艋舺人口中所說的「老街」，多半是指從淡水河畔，向內陸

▲萬華老街的街屋，騎樓往往另外搭設遮陽棚以增加營業空間。

呈「廿」字型發展的範圍，亦即現在的貴陽街、西園路、西昌街，以及桂林路夾於西園路、西昌街中的一小段。年輕一代萬華人所說的「艋舺老街」，幅員除了前面這幾條街道外，還遠及和平西路、大理街、廣州街、康定路，幾乎將橫向的華江大橋和中興大橋，以及直向的中華路與環河南路所涵蓋的範圍全部包括在內。

▲走過漫長歲月的糊紙店，陳舊的低矮木板屋與老行業相互映襯。

不論新舊艋舺的區域是大是小，這些老街在台北市迅速邁向現代大都會的衝擊下，大多已經看不出昔日風貌。其中，舊稱「歡慈市」的貴陽街，堪稱為台北「最老」的街道。這條帶動艋舺成為台灣大都市的重要街道，原先毗連成一片的閩南式傳統磚木建築，日據期間被改建為日式長排仿洋樓。如今這裡的店面只剩下雜貨鋪、金紙香鋪、糕餅店⋯⋯，在日升月落之間等待著寥寥可數的客人。

崛起年代僅次於貴陽街的西園路，

也是歷史悠久的艋舺老街。清代年間建造的典型長條式傳統店鋪住宅，幾乎全都改建爲面寬較窄、屋身狹長的店屋，這裡仍然可以見到不少堅持崗位的傳統行業，譬如佛具店、繡莊、中藥店及茶室等，兀自在舊街上屹立不墜。

早年與艋舺繁華地帶有段距離的廣州街、華西街、康定路、西昌街、大理街，多半是清朝末年艋舺鼎盛後期興起的商業市街，每條街肆形成的背景因素雖然各不相同，卻同樣都隨著艋舺由盛轉衰而沉寂下來。

賞遊景點

素有「台灣第一名剎」、「台灣寺廟建築代表作」之稱的艋舺龍山寺，創建於清乾隆三年（公元1738年），剛開始時是三邑移民的信仰中心，也兼具同鄉會館的功能，清朝中葉發展成爲艋舺公廟。龍山寺先後遭受地震、颱風、蟻害及戰火摧殘，歷經多次修建，規模越見宏偉壯觀，是中外遊客必到的觀光勝地。近年更成爲選舉期間造勢活動的熱門據點。

▼拜名剎古寺之賜，西園路一帶佛具店林立。

▲龍山寺享有「台灣第一名剎」美譽，香火鼎盛。

艋舺青山宮幾經翻修，已盡失創建原貌，但在艋舺人心目中仍占有相當重要的地位。早年雕樑畫棟，作工細膩精緻，比起龍山寺有過之而無不及。艋舺祖師廟則一直維持著古風古貌，樑架、石壁、龍柱處處可見古樸雕塑。

艋舺的寺廟大多以香火興盛著稱，許多依附於宗教信仰的相關行業，如神佛雕像、八仙壽星掛綵、道袍、迎神賽會旗幟、神爐佛龕、祭祀供具等雕刻、刺繡、加工販賣的店鋪，櫛比鱗次地在西園路一帶大展鴻圖。

龍山寺旁的西昌街青草巷，專事青草藥材買賣，店鋪數目雖然不及全盛時期，但每個店家都聲稱握有祕而不宣的「祖傳醫方」，因此買氣並不受影響。在艋舺老街逛逛青草店，聞著迎面而來的草藥清香，也算是紓解身心勞累的一種「享受」。

汐止老街

▲汐止早年的繁榮可從老街建築一窺究竟。

汐止火車站正對面的中正路，是帶動汐止商機蓬勃發展的源頭，也是一條走過百餘年滄桑歲月，至今仍讓人津津樂道的舊街道。許多生長於斯的老汐止人談起這條街道都難掩得意神色，而中正路確實也當之無愧。

中正路在古往今來的歷史中，爲汐止開創了無數輝煌的傲人功勳，包括機械採礦、工業重鎮、房地產重鎮、文化立鎮等，無一不是「台灣第一」。

汐止老街的舊有風貌雖然不斷變遷，燦爛的歷史記錄也逐漸斑駁，但是深烙在老鎮民記憶深處的美好記憶卻歷歷如新，始終不曾褪色與磨滅。

◀汐止中正路的老式街屋，早年多半爲二層樓房，格局寬敞，方形磚柱騎樓與面寬較大。

◀位於汐止大同路的蘇家宅邸，紅磚拱門環立，氣勢宏偉。

歷史背景

台北縣汐止鎮舊稱「水返腳」，這裡原是凱達格蘭族「峰子峙社」的社地。相傳在清康熙、雍正年間，已有漢人在此拓墾。乾隆年間，由於濱臨基隆河的中正路一帶，每逢漲潮時，潮汐上溯至此才退返，小型舟楫帆船利用潮汐漲退，可由淡水河、基隆河往返進出，因而稱爲「水返腳」。

早年汐止附近山坡廣植茶樹，茶葉產量高居北部之冠，當時稱爲「水返腳庄」的汐止街，茶葉交易熱絡。尤其每年五、六月茶葉採收期間，各地茶商不斷湧入，基隆河牛稠頭（今中山高速公路汐止交流道）船運裝卸忙碌，人潮熙來攘往至爲熱鬧。

光緒十三年（公元1887年）四月，台灣巡撫劉銘傳在台北設鐵路工程總局，以德人畢爾卡（Becker）爲監督，英人瓦德遜（W. Watson）爲總工程師，由大稻埕開築鐵路至基隆，至光緒十七年總共完成二十八點六公里，並設基隆、八堵、水返腳、南港、錫口（松山）及台北等六個車

▲大正年間建造的住家，外觀與商鋪明顯不同，立面也較爲簡單樸素。

站。劉銘傳也首開中國風氣之先，在汐止以機械開採煤礦，煤礦也因此成爲汐止的一項重要產業。

汐止的茶葉與煤礦，藉著水路與鐵

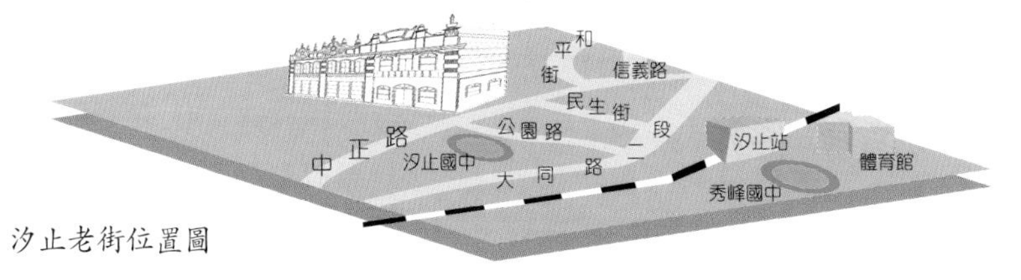

汐止老街位置圖

▲古意盎然的木造門面，在汐止老街越來越罕見。

路運輸之利行銷於全省各地，也造就了不少富商巨賈。

日據期間，日人為擷取礦產資源，煤礦蘊藏豐富的水返腳山區，頓時成為大規模開採的首要目標。日人興建的「台灣煉鐵廠」，是台灣地區當時唯一的重工業建設，煉鐵廠的三座高大鼓風樓鐵塔，象徵著汐止已成為台灣的工業重鎮，同時也是汐止最顯著的地標。為了便利煤鐵等礦產的運輸，日人還於明治三十五年（公元1902年），在五堵庄設置驛站，將煤礦源源不斷運至基隆，裝船後銷往日本及東南亞各地。

大正九年（公元1920年），日人取「潮汐到此而止」之意，將清代沿用下來的水返腳街，改稱為「汐止」。不久後又實施市街改正，除了拓寬「汐止街」老舊街道外，還大力鼓吹當地富豪之家，將街道兩旁的店鋪住家改建為西式洋樓。汐止老街殘存至今的一些「大正洋樓」，便是當時日人一再威脅利誘下的「成果」。

老街特色

汐止中正路老街，從火車站前車水馬龍的大同路口，到銜接高速公路交流道的汐萬路，全長約一公里左右。不過，狹長的街道卻以俗稱「媽祖間」的濟德宮媽祖廟為界，區分成為兩個不同街貌型態的路段。媽祖廟右側，也就是通往火車站方向的路段，是人

▲人潮熙攘的市場路段，攤販雲集，十分熱鬧。

潮熙攘的熱鬧菜市場；媽祖廟左側至汐萬路，則是街屋低矮陳舊的住家。

日據期間建造的「大正洋樓」，分為商鋪式和住家式兩種。商鋪式的樓房，門面大多為木造，設有一道門二片活動大窗，做生意時可先將大窗木板一塊塊拆卸下來，再將窗下垂掛的大木板架起來，貨物商品擺在木板上，方便與顧客進行交易。這種店鋪

▲汐止老街上的「濟德宮」是附近居民的信仰中心。

建築，一樓內部格局通常都是二至三落，前面第一落爲商店門面，上有閣樓，店前是「亭仔腳」騎樓；第二、三落設儲放貨物的天井或住屋。

不過，這種典雅美觀的洋房，近年來因拆除改建已不多見；尤其木造門面，更在時代潮流與商業掛帥的衝擊下消失。目前碩果僅存的數棟古洋樓建築，均位於媽祖廟左側至汐萬路的住家路段。

賞遊景點

汐止中正路老街中的「濟德宮」媽祖廟，創建於清朝道光年間，廟門朝著晨昏潮汐漲退的基隆河，是看著汐止起落軌跡的見證。濟德宮廟地，相傳爲早年平埔族總管陳家所捐獻。廟中除供奉媽祖、虎爺外，兩旁還同祀著城隍、清水祖師、千里眼、順風耳，柳將軍、桃將軍、註生娘娘等神祇。正殿兩根清朝咸豐己未年（公元1859年）鎮立的石柱，是佐證濟德宮廟史的珍貴古物。

汐止是北部著名的佛門聖地，山區佛寺林立，梵音不絕於耳。邊緣名勝古蹟如拱北殿、天修寺、靜修禪寺、五指山、新山、夢湖、酋長湖、大尖山、秀峰瀑布以及小溪瀑布等，風景秀麗，都是朝聖與徜徉山光水色的好去處。

特產美食

汐止的產茶歷史相當悠久，名氣雖然不如鄰近的深坑、石碇、坪林，卻也是台北的重要茶鄉。從清代迄今，汐止山區的茶農，代代承襲著一貫的製茶方式。此地產製的包種茶、烏龍茶、鐵觀音，以茶葉色澤新鮮墨綠，水色蜜黃清澄著稱，茶香沁人心鼻，落喉甘潤，餘味無窮。

當地業者爲招徠遊客，除設有茶坊、茶亭供人歇腳品茗外，也不斷推陳出新，以汐碇路一帶的茶莊爲例，還供應茶油雞、茶油麵線、精製茶點等多種茶葉美食。

▼汐止老街兩旁的街屋新舊並存，常見小販設攤營生。

深坑老街

▲深坑老街上的紅磚洋樓。

深坑鄉的深坑老街，是一條窄短的老舊街道。

在歷史的發展軌跡中，深坑人寧可一次又一次失去改變當地命運的經濟良機，也不願破壞祖先流傳下來的資產面貌。這份「固守家園」的執著，使深坑老街雖然歷經百年歲月，迄今還能原汁原味地呈現百年前先人闢建的初貌。

歷史既記載了物換星移的殘忍，同時也公平地褒貶了許多牽一髮動全局的決定。走在這個一再錯失發展機會的深坑老街，看到如假包換的歲月烙痕，看到自得其樂、來去從容的鄉民，也許我們該爲世世代代的深坑人喝采致敬。

▼深坑老街雖然短窄，卻是目前全台最熱門的老街，每逢假日人潮絡繹不絕。

歷史背景

台北縣深坑鄉，舊稱「簪纓」，與鄰近同樣以產茶及煤礦聞名的石碇鄉，都是清乾隆二十年（公元1755年），泉州移民在閩南發生大旱時渡海來台落腳墾拓的地區。深坑四面環山，形似坑底，泉州人許宗琴家族入墾不久遭逢番亂，由於獨特地形有利防守，倖免於難，因而改稱為「深坑」。

嘉慶年間，有個名叫柯朝的移民自安溪帶來茶樹，在「鰈魚坑」一帶廣為種植，為日後台灣茶葉產業的興盛揭開史頁。儘管「鰈魚坑」的正確地點眾說紛紜，但文山包種茶源起於深坑一帶，卻是不爭的事實。

日據期間曾為北部山區廳治行政中心的深坑鄉，在由聚成邑的發展過程中，始終謹守「樸實勤儉，與世無爭」的本份，數度拒絕交通建設的「入侵」，扭轉了深坑經濟發展的方向。

日據大正八年（公元1919年），以運輸煤礦為主的平溪專用鐵道，原先規畫從菁銅經深坑至台北，當時日人都已測量完成，卻在深坑人強烈反對下作罷。菁銅坑原有的日資台陽礦業公司兩大礦坑，運輸鐵道只好改沿基隆河而下，在三貂嶺銜接宜蘭線後再轉運到各地。這條今日平溪支線鐵道

▲老街上的紅磚洋樓是日據大正年間改建，立面裝飾互有不同。

的擦身而過，使深坑錯失了煤礦黃金時期的大好商機。

昭和十一年（公元1936年），日人闢建台北至宜蘭的北宜公路，原本擬定的路線是由深坑至坪林，同樣也在深坑人的堅決反對下，最後改繞至新店。深坑再度喪失公路交通帶動地方發展的機會。

非但如此，到了九十年代，眼見深坑周邊許多農田爭相變更為建地，高樓大廈紛紛竄起，外地人口更是像拍岸浪潮似地一波波湧入，但是深坑老舊的市街卻絲毫不為所動。深坑人毅然追隨著先人腳步，力抗巨大的時代潮流，為保存既有的地貌街容而努力不懈。

數年前，鄉公所鑑於深坑老街的路面狹窄，原打算在都市計畫中拓寬為

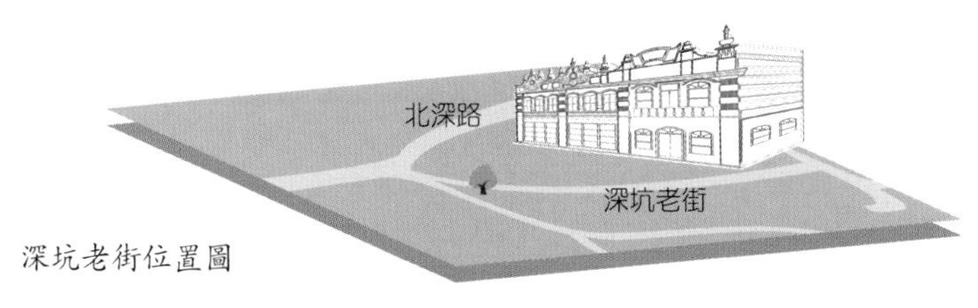

深坑老街位置圖

十二公尺，藉以全面改善市街道路交通及市容觀瞻，但同樣還是遭到世居於此的老深坑人嚴拒。「失之東隅，收之桑榆」，深坑人不爲利誘心動的執著，不僅爲台灣留下了一條古意盎然的街道，其獨特性與歷史性也爲深坑開創了另一種觀光商機。

老街特色

深坑老街，從中正橋頭老榕樹爲起點的「街頭」，到北深路農會旁左轉下來的「街尾」，全長約二百公尺，街道雖短而窄，兩旁街屋卻同時並存著各種不同年代的建築形貌，包括清代傳統式、日據大正洋樓式、四十年代磚牆土壁式、七十年代鋼筋混凝土式，以及近年來加蓋鐵皮屋的磚牆鋁門鋁窗式，形成「麻雀雖小，五臟俱全」的雜沓面貌。

深坑老街的舊有建築，在日據初期台灣總督府將全台行政區域畫分爲二十廳時，已形成街肆型態，當時深坑廳轄管景美、新店、石碇、坪林等地，屬於廳治行政層級。到了大正四年（公元1915年），日人施行市區改正時，深坑老街的道路寬度及街屋改建同時進行，目前存留下來的一些紅磚洋樓有德興居、街頭榕樹旁毗連的幾間店鋪，以及零星散布於街道上的二樓式住家商鋪等。其中，德興居立面山牆的巴洛克式浮雕裝飾，由於「絕無僅有」，號稱爲深坑老街中最美麗的建築。

▲古色古香的「德興居」，是深坑老街最重要的觀光景點。

◀「永安居」古厝建築精雕細琢，造型優美。

此外，北勢路加油站對面的「永安居」，是民間俗稱「火庫起」建築結構的代表作。從層次分明的燕尾馬背、牆身屋架、屋檐斗拱、廊柱窗櫺，到石陛台階、彩繪雕飾，充分展現閩南傳統建築細緻優美的特色，也是這棟老厝列名古蹟的主要原因。

除了「永安居」外，深坑還有不少年湮代遠的古厝，如竹芳橋頭不遠處的「福安居」、昇高村的「德鄰居」，以及市街電信局對面的「順興居」，都是遊人喜歡造訪的深坑瑰寶。

▲店中擺滿了琳瑯滿目的農家器物。

賞遊景點

深坑連接石碇、木柵、貓空、坪林、平溪等幾個茶鄉。看老街、嘗豆腐，再加上尋訪蒼鬱山色、品茗，是不少北部民眾攜家帶眷休閒旅遊的熱門行程，無怪乎每到星期假日，深坑境內的主要道路必定塞車，連想找個停車位都難上加難。

從深坑到木柵、坪林等地茶鄉，路徑雖多，但大都爲翻山越嶺，坡度起伏的曲折山路。雖然舟車勞累，沿途卻能飽覽山巒疊翠的綠野風光，還是有許多民眾樂此不疲。

特產美食

深坑老街的「豆腐小吃」，已從早年販夫走卒塡飽肚子的市井小吃，躍升爲今日餐館菜單上的必備名菜；深坑老街上的豆腐店，也從剛開始的三五家，成長至目前的數十家。深坑豆腐從家常小吃，發展成爲馳名遠近的地方美食，讓慕名前來的遊客在吃香喝辣之餘，紛紛豎起大拇指稱道不已，好吃程度也就不難想見。

深坑老街另一項知名的小吃，是口味眾多、鹹甜葷素一應俱全的肉粽。此外，隨著老街聲名大噪後紛至沓來的南北各地小吃，如芋圓、草仔粿、芋仔糕、花生糖、枝仔冰、肉圓、貢丸、米粉炒……，從街頭一路延伸到街尾。若將深坑老街戲稱爲「小吃老街」，並不爲過。

▲深坑豆腐已成爲遠近馳名的地方特色小吃。

金山老街

▲大正初期的紅磚建築，以立面磚牆拱廊著稱。

金山鄉的金包里街，歷史悠久，發展至今一直沿用舊街名，這種情形在台灣地區相當少見。金包里街是當地居民引以爲傲的「金山第一街」，這條北濱海岸風景線上唯一的老街，早在清朝就以繁華著稱，形形色色的商鋪聚集在蜿蜒狹窄的街路上，供應食衣住行所需的各項用品。桅檣林立的港口，加上摩肩接踵的人潮，市集熱絡盛極一時。

可惜的是，在時過境遷後，金山老街上許多具有時代意義的老舊建築，目前幾乎已被破壞殆盡。褪盡一身繁華的老街在歸於平淡後，往日風貌再也不復可尋了。

▼金山老街碩果僅存的數間紅磚洋樓建築。

歷史背景

▲依山臨海的台北縣金山鄉，早年以漁業發達聞名。

台北縣金山鄉舊稱「金包里」，原是平埔凱達格蘭族「基包里社」的居地，意為「豐收」。相傳凱達格蘭族來自島外，最初在台灣北部三貂角一帶海岸登陸，定居建設「基瓦諾灣社」部落。由於人口日多，發展至雞籠時，分成兩路向外擴展，一路沿著海岸向西移動，經由金包里、打賓（富貴角）、滬尾（淡水）等地，從淡水河北岸前進，形成「內北投社」，隨後又向東形成「毛少翁社」（天母）；另一路由八堵、水返腳（汐止）南進，到達錫口（松山），形成「麻里折口社」，而後陸續進入台北平原。清朝年間，漢人相繼入墾台北盆地的各個番社，即是由早年南進的平埔族所分殖形成。

凱達格蘭族在金山形成「基包里社」的正確時間，缺乏文獻資料可供考據。明鄭北上討伐荷蘭人後，雖曾駐兵屯墾，但此地開闢成為街肆，卻始自於清朝康熙年間。相傳此處曾經發現金礦，居民便以「金包里」一名取代原先的「基包里」。由於臨近海港，雍正時期已是一處熱鬧的市街。

當時，由於金山附近有磺港、水尾等港口，往來大陸與台灣之間的貨船泊靠方便，因此逐漸成為各種物產的集散中心，地位更形重要；又得海岸線綿延之利，漁業發展順利蓬勃。不過，早年因交通不便，清晨出海捕魚的漁民傍晚返航時，必須要以竹簍裝著魚貨，摸黑成群結隊地徒步挑往台北大稻埕市場出售。漁民從金山沿著大嶺、山仔後行走的路徑，俗稱「魚

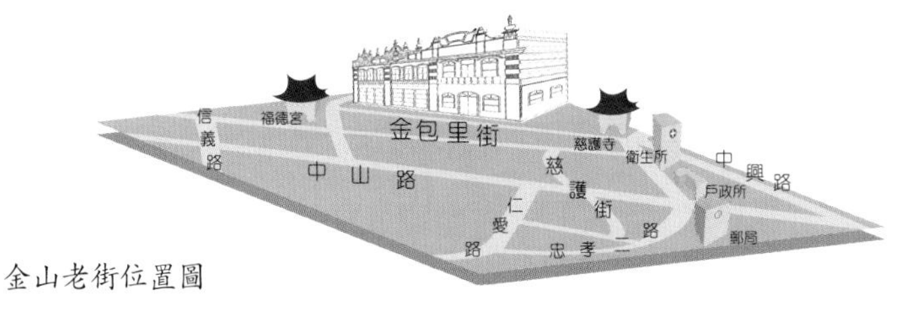

金山老街位置圖

▲傳統的木造街屋原是金山老街的特色，目前已所剩無幾。

路」，目前在陽明山擎天崗附近，還能找到這條古道的遺跡。

日據時期，日人在金山積極開發礦產，硫礦、煤礦、鐵礦從此地港口不斷運往日本及東南亞，當時的榮景老一輩的金山人仍記憶猶新。台灣光復後，當地礦源因開採殆盡，礦業漸趨式微。直到北濱公路通車，加上近年來淡水捷運、北二高及北海岸的相繼建設，便捷的交通帶來觀光人潮，地靈人傑的金山悠悠從沉睡中甦醒過來，一躍成為北海岸風景線的新興旅遊中樞。

▼金山老街中經常可以看到新舊建築並陳的景象。

老街特色

金山是北部海岸最早開發的據點，鄉內最主要的街道，目前仍然沿用「金包里街」舊稱，當地居民則稱為「金山第一街」。相較於鄉境其他寬闊的街道，金包里街顯然要狹窄陳舊許多。不過，這條歷史悠久且人文景觀豐富的老街，卻儼然是金山地區的歷史長廊，舉目所及有許多值得深入尋訪探究之處。

▲街屋拆除的殘跡。

走過前清、日據與台灣光復三個不同年代時空的金包里老街，兩旁陳舊殘破的平房或洋樓街屋，在歷經多次地震與戰火劫難後，還能保有昔日完整面貌的雖然不多，不過細心觀察時，迥然不同的建築風格仍隱約可見。最為明顯的是，位於「金包里媽祖廟」慈護宮後的街屋，一側是日式，另一側為閩南式，兩邊的老房子多半已經過改建或加蓋，但依然可以看出其中的差異點。此外，還有一些零星的舊式木造及磚造傳統建築，夾

▲金山「慈護宮」媽祖廟，以奉祀金面媽祖馳名遠近。

雜在現代鋼筋水泥樓房中，新舊並陳的現象最足以道出金山的發展歷程。有時甚至會在廢棄的老舊洋樓上，驚喜地發現丰采依舊的巴洛克式裝飾。

賞遊景點

供奉「金面媽祖」的金山慈護宮，創建於清嘉慶十四年（公元1809年），在台灣媽祖廟中占有相當重要的歷史地位。慈護宮的金面媽祖，俗稱「二媽」，相傳此尊神像在漂流至野柳海岸的岩洞中時，由漁民拾獲，當地居民原打算在海邊建廟供奉，但媽祖顯靈指示要將廟建在金包里街，不過廟址卻與正在興建的「天后宮」重疊。地方鄉紳在兩難的情況下，決定將開基的媽祖尊為「大媽」，由野柳迎迓過來的神像則稱為「二媽」，由兩尊媽祖同時鎮殿，這在早年的台灣道廟中並不多見。

慈護宮的神將千里眼與順風耳，造型也與眾不同。其他廟宇大多以手持兵器的武將為主，慈護宮這兩尊守護神將卻手持元寶，據說象徵著「國泰民安」與「吉慶祥和」。

除了馨香繚繞的媽祖廟外，人文和自然結合的八景，如燭台雙峙、龜島曉日、水尾泛月、跳石銀瀾等也曾經獨領風騷。目前金山地區則以溫泉、海水浴場、青年活動中心、農場等風景名勝吸引遊客盍興乎來。

特產美食

依山臨海的金山鄉，以物美價廉的海產闖出名號自然不在話下。季節性海鮮種類繁多，魚類更是一年到頭不缺。此外，開漳聖王廟「廣安宮」前的鴨肉店更是名震南北的北海岸名產，響噹噹的名氣帶來川流不息的饕客，有時還得親力親為拿著碗盤，才能搶先嘗到肉甜味美的口碑鹹水鴨。

假日逛金山老街，可以在沿街的攤位中找到以當地農特產品加工製成的糕餅美食，喜歡嘗鮮的遊客都會大呼過癮。

▲金山「廟口鴨肉」是北海岸最具知名度的地方小吃。

淡水老街

台北縣淡水鎮重建街，是一條從福佑宮旁斜坡往北延伸，路面狹窄且階梯陡峭的老舊街道。這裡不僅是早年淡水最繁華的老市集所在，也是淡水河與北端山丘聚落村庄之間的交通要道。

▲福佑宮廟旁的巷道經拓寬後，路面煥然一新。

重建街的全盛時期，人潮絡繹於途的熱絡景象，隨著市容發展已被鄰近相繼崛起的街區所取代，如今只剩下稀稀落落的低矮住家，以及偶爾才有人從容路過的水泥階梯。滄海桑田變化之大，可以在這條見證淡水小鎮百年滄桑的老舊街道上印證一二。

◀重建街雖經拓寬，卻因地形高低起伏，只能建爲人行階梯步道。

歷史背景

淡水舊稱「滬尾」。相傳早年移墾的漢人曾以石塊圍築成堤滬，利用海水的潮汐漲退來捕魚。這種礁石圍牆俗稱為「滬」；而當時墾民居住的聚落，大多建在石滬尾端，因而命名為「滬尾」。

明朝天啓九年（公元1629年），西班牙人從雞籠迂航登陸滬尾，建造「聖多明哥」城，作為傳教的場所，後來落入荷蘭人手中，成為現今大家所通稱的「紅毛城」。但當時荷蘭人的政經中心在台灣南部，北部一帶並未受到重視，以致淡水的名氣，反而不如舊稱「八里坌」的八里鄉來得響亮。八里當時是台灣北部的重要港口，大陸廈門、漳泉州一帶的移民，大多由此登岸落腳。

直到清嘉慶元年（公元1796年），八里坌的城牆遭洪水沖毀，居民為了避難，紛紛遷移到對岸滬尾居住，逐漸形成聚落後，才帶動了整個淡水地區的發展。

咸豐八年（公元1858年），滿清政府開放沿江和沿海的七個口岸為通商港滬，淡水港也列名其中，各國外商爭相湧至，淡水街上的外商洋行一家

▲重建老街上碩果僅存的幾家店鋪，「許順記」是早年的香燭店。

接著一家開業。外商充斥的現象，也使得過去一直被當作軍事據點的淡水港口，一夕間鹹魚翻身，躍居為台灣北部最重要的一個商業港埠。

淡水的發跡肇始於福佑宮媽祖廟一帶，當年廟埕是一片空曠的廣場，往來於大陸與台灣之間的船舶均在此靠岸裝卸貨物；附近村庄聚落的各種農漁物產交易，也匯集於廟前廣場進

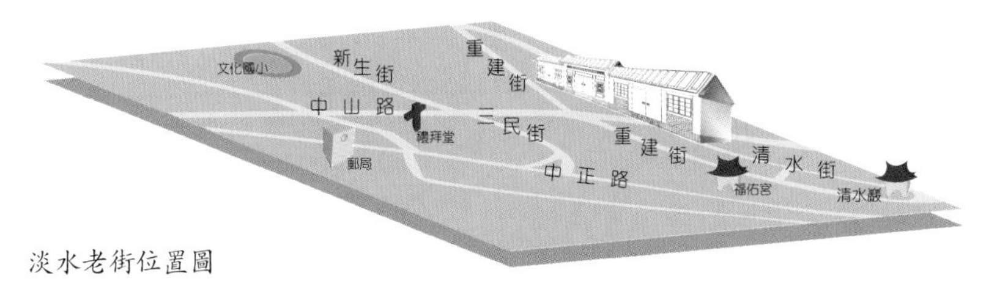

淡水老街位置圖

行。媽祖廟旁的重建街，由於天時地利之便，商家店鋪林立，成爲淡水開發初期最繁榮的街肆。

後來，淡水河因泥沙淤積，河運漸趨沒落，加上通往沙崙的新生街開通，將蜿蜒狹長的重建街從中截斷，原本熱鬧的市集移轉至清水街後，老街店家的生意一落千丈。近年來，鐵公路交通建設的突飛猛進，讓暮氣沉沉的淡水小鎮有如重新注入活泉一般再展歡顏。相形之下，階梯式的重建老街越顯孤寂落寞，只能以滿布風霜的蒼老容顏，娓娓訴說往日榮光。

老街特色

淡水地形屬於高低起伏的小丘陵地，位於丘陵地上的重建街，爲了順應地勢不得不採階梯式闢建，連街道兩旁的房屋在高度落差上也相當大。這種有如「步步高昇」式的街屋，原本是起伏陡峭坡地建築的一大特色，可是在蜿蜒狹隘的地形限制下，卻也是老街重生再起的一大阻礙。

▲磚木共構的老房屋，磚造門面保存完好，建築特色一目瞭然。

▲牆緣的巷弄，以石階爲通道。

重建街的老舊房屋大多只有一層樓的高度，房舍採用三進式建築結構。第一進是營業用的前廳，上方搭建閣樓做爲貯存貨物的倉庫，爲了方便搬運，有人直接在閣樓地板上打個方形洞口，利用輪軸繩子來運送貨物。第二進通常爲廚房，第三進是臥室。這種三進式房舍的設計，主要的用意是區隔住家與店面，以保有居住空間的隱私性。

目前，淡水老街上的舊有住家或店鋪已經所剩無幾，經常可以見到被棄置多時或正在拆除的半毀建築，夾雜在改建的鋼筋水泥樓房中。一如空空蕩蕩的水泥階梯，斯情斯景令人倍感蒼涼。

◀福佑宮媽祖廟是早期移民的信仰中心，也是淡水老街的發源地。

賞遊景點

已有三百多年歷史的淡水小鎮，不但擁有怡人的山水景觀，也有豐富的人文古蹟，知名的西洋遺蹟如紅毛城、英國領事館、牛津學堂、總稅務司公署、滬尾馬偕醫館、淡水禮拜堂等；中西合璧的人文建築則有紅樓、八角塔、淡水女校、姑娘樓、牧師樓、淡江大學宮燈大道及校舍等，都是熱門的旅遊景點。

舊稱「滬尾街」的中正路，也有人稱爲淡水「老街」。從淡水捷運站沿沿著中正路西行，寬廣熱鬧的街道上充斥著各式各樣的小吃、海鮮及名產店。繼續前行路面漸趨狹窄，幾棟日式街屋與高樓大廈並立，原先嘈雜的市集喧囂到此嘎然而止。淡水小鎮最獨特的沉靜氣韻，與鄰近巷弄的悠閒情境，形成這條舊街的另一種風貌。

特產美食

淡水海鮮餐廳聞名遐邇，在港邊營業的碳烤海鮮店，夜幕低垂後生意興隆。不少人喜歡趁著夜色攜家帶眷地來此大快朵頤，一面閒話家常，一面欣賞著海景夜色。明月當空，夜涼如水，淡水的美景的確令人傾倒。

淡水的知名小吃不勝枚舉，魚丸湯、阿給、阿婆鐵蛋、魚酥羹、溫州大餛飩、米粉湯，都是遊客耳熟能詳的本地美食。渡船頭、中正路一帶熱賣的魚丸湯，橢圓形的魚丸以鯊魚魚漿製成，內包肉燥，外形與口味均有別於其他地方；中正路及福佑宮附近的魚酥，則將新鮮的魚連肉帶骨一起絞碎，裹上番薯粉後捏成條狀，再下鍋油炸，口感酥軟且富含鈣質。阿婆鐵蛋以回鍋滷蛋反覆滷製風乾而成，原本是淡水最具代表性的小吃，廣爲流傳後，目前在全省各地的風景遊樂區都能買到。

▲淡水著名的「阿婆鐵蛋」經過多次滷煮曬乾後，外表爲深褐色。

新莊廟街

▲街屋店鋪的磚柱，全面重建為統一形式。

清朝年間淡水河暢通無阻，使得台北縣西端的新莊市一度成為台灣與大陸之間的重要商港。早年與大漢溪平行的新莊路，則是新莊逐步拓展的起點。這條已有三百多年歲月的老舊街道，如今廟宇林立，堪稱是台灣地區獨樹一幟的「廟街」。

白天這裡是人車雜沓的菜市場，晚上則是燈火通明的夜市，新莊路的舊有面貌逐漸隱退在時代的變遷中，也慢慢從人們的記憶中消失。如今只能在零星的傳統建築、彎曲狹窄的巷弄以及苦苦支撐的老行業中，尋找模糊的老街景象。

▼新莊路街道重新鋪上青石地板及紅磚道，凌亂的景象已全然改觀。

歷史背景

台北縣新莊市位於大嵙崁溪（今大漢溪）中游，相傳明末鄭成功在屯兵奇里岸（石牌）時，曾經至新莊附近拓墾。不過，這個說法僅是傳聞，史料中並無明確記載。

清康熙初年，新莊因位居淡水河潮汐進入台北湖的中點，擁有港闊水深、船舶進出方便的地理優勢而成爲新興的河港。現今慈祐宮媽祖廟前的利濟街底，就是昔日碼頭所在，當年可以容納大型船隻停泊；並與八里坌、滬尾、艋舺等地並駕齊驅，同是台灣北部的重要港口。媽祖廟前的廣場則是鄰近村庄的農產交易集散地。

船舶輻輳，商賈雲集，便捷的水路運輸不但爲新莊市街帶來了繁榮商機，新莊最早的商業區要道碧江街也應運而生。不過，舊稱「中港街」的碧江街，由於緊臨溪岸，容易受溪水暴漲影響而淹水，居民遂將街道向內移退五十公尺，形成一個新的街市聚落，此即「新莊」地名的由來。

清雍正五年（公元1727年），閩籍貢生楊道弘招募佃農在新莊一帶進行大規模開發，墾區範圍東至淡水河、西至八里坌、南至海山尾、北至干豆山，幾乎涵蓋了整個新莊市。到了乾隆年間，新莊已是台灣北部的最大城市。乾隆三十二年（公元1767年），原先設置於八里坌的巡檢署，移設至新莊。後來調整行政區域時，又將巡檢署提升爲縣丞衙門，新莊一躍成爲台北政治、商業及文教的中樞。

▲已有百餘年歷史的住家外牆，城牆式的門額裝飾簡潔。

嘉慶年間，由於大嵙崁溪上游的三峽一帶過度開發，坡地土石經常隨著雨水沖刷流入溪中，導致新莊河道日漸淤淺，港口停泊不易，也拖累了新莊的發展腳步。到了嘉慶十四年（公元1809年），縣丞移駐艋舺後，新莊的重要地位被艋舺迎頭趕上，昔日的

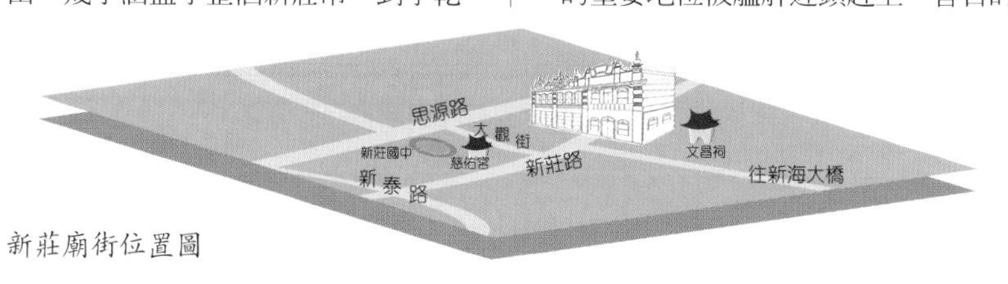

新莊廟街位置圖

▲仍舊保有傳統街屋型態的店鋪，木造門面與可拆卸的門板保存完好。

商貿重鎮淪爲農業都市。原先當地自豪的「一府二鹿三新莊」的輝煌時期，至此黯然畫下了休止符。

老街特色

新莊路是台灣地區最長的一條老街。早年沿著淡水河域開闢的道路，東起王爺廟，西至輔仁大學校門前的土地公廟，長達兩公里左右，也就是從現在的思源路延伸到瓊泰路，總共跨越七個里的行政區。

新莊老街最初的街道型態，採用中國傳統的市街建築方式，道路彎曲狹窄，兩邊蓋滿了毗鄰成一片的房屋，只留下幾條窄小的巷道與外面相通，而且每個路段的兩端都建有小小的廟亭，供奉著土地公等守護神。窄小的巷道與隨處可見的小廟亭，都具有保衛防禦的功能。新莊街道的建築型態，與中部大鎮鹿港幾乎如出一轍，因此早年還一度被稱爲「小鹿港」。

隨著街道的開闢，新莊路兩旁建起了不少廟宇，包括保元宮王爺廟、慈祐宮媽祖廟、武聖關公廟、廣福宮三山國王廟、地藏庵、文昌祠，以及歷史悠久的許多土地公廟。由於各廟供奉主神不一，神誕日期也不同，因此這條街道上一年到頭都可見到熱鬧滾滾的迎神賽會，這正是新莊路另稱爲「廟街」的原因。

日據大正八年（公元1919年），日人將蜿蜒曲折的新莊路截彎取直，但並未大幅拓寬狹窄的路面；許多具有傳統特色與歷史意義的建築，在不斷的重建中紛紛改頭換面，古樸雅致的舊街風貌已眞正走入歷史。

民國八十八年，新莊市公所著手進行重塑老街歷史的「廟街整體改造方

▼樸實的磚牆及斑駁的大門，在巷弄間處處可見。

▲早年曾經風光一時的「米市巷」，是稻米的集散進出孔道。

案」，保元宮至新泰路的路段重新鋪上仿青石地板及紅磚道，並一一改造住家店鋪的牆柱、騎樓與招牌，期望能以復古和現代兼容並蓄的景觀，啓動這條老舊街道的嶄新生機。「廟街重生」立意雖佳，但想要捕捉新莊老街的真正風華恐怕只能徒呼負負了。

賞遊景點

新莊路以「廟街」著稱，沿街林立的廟宇大多創建於清朝年間，其中廣福宮、慈祐宮、武聖廟等均已列入古蹟。這些淵源各異的廟宇，建築裝飾與風格也各具特色，而且都是香火鼎盛的朝拜聖地，喜歡探訪古廟者可以仔細鑑賞。

新莊路早年是個熱鬧的商業市集，在街道一隅還可找到製作麥芽糖、豆乾、糕餅、鐵器等老行業的商鋪。曾經門庭若市的「米市街」、「米市巷」、「戲館巷」，則悄然隱身於狹窄的巷弄中。

特產美食

新莊路前段的翁裕美商行，精心製作的麥芽糖馳名遠近。中段的尤協豐豆乾店，不加石灰，以手工製成後直接在炭火上燒烤，香味撲鼻。同樣在中段的蔡永根糕餅店，依天氣的冷熱乾濕調配原料，再以慢火蒸出不同色澤及式樣的糕仔餅，入口甜而不膩，在街坊中早有口碑。

▼歷史悠久的百年餅鋪，是老街中口碑載道的「糕餅之家」。

三峽老街

舊稱「三角湧街」的三峽鎮民權街，是台灣最早出現紅磚拱廊建築的街道。氣勢磅礡的拱形門廊、簷口精細的山頭楣飾及變化多端的立面裝飾，足以看出早年三峽威鎮一方的繁盛面貌。這條以閩南式為樓身、巴洛克式裝飾為牌樓的老街，雖然卸下了商貿明星的光彩外衣，但散發出的盎然古意卻越陳越香。

▲紅磚拱廊是三峽老街騎樓的特色。

走在三峽老街古舊而狹窄的街道上，不妨放慢腳步，切勿讓行色匆匆破壞了這裡從容安逸的寧靜氛圍。就當是時空錯置，帶我們重新回味三角湧街所有美好的記憶吧。

▼三峽民權路街屋建築獨特，山牆造型各有不同。

歷史背景

台北縣三峽鎮原爲平埔族「雷朗族」的社地。清朝乾隆年間，陸續有移民到此拓墾，其中又以來自福建安溪的人數最多。由於本地有三峽、橫溪、大漢溪等三條溪流匯流，地名因此稱爲「三角湧」。

早年，三峽山區盛產製造染料的「大菁」，種植面積極爲廣闊。大菁植物成熟後淬取的藍靛，是一種天然的布匹染料。濱臨溪畔的三峽居民將藍靛原料銷往廈門、福建、上海等地，也利用水路運輸之便，爲各地加工印染布料。興盛的染業帶動了三峽的發展，街區的建設更大幅開展。

光緒二十一年（公元1985年），日軍登台往南推進時，在此遭到頑強抵抗，死傷慘重。日人惱羞成怒下，放火燒街報復。先民辛苦建立的街肆，一夕之間化爲灰燼。慘遭浩劫的殘破家園經過十年時間的慘澹經營後，才又逐漸恢復舊觀。

▲由於三峽、橫溪、大漢溪等三條溪流匯流於此，三峽舊稱爲「三角湧」。圖爲今日的三峽溪。

▲三峽老街以簷口精雕細琢的山頭楣飾著稱。

日據大正四年（公元1915年），桃園廳三角湧支廳長達脅良太郎，對於台灣道路狹窄髒亂，人畜共居一室的現象深惡痛絕，卻苦無改善對策。當時，總督府正好頒布「台灣家屋建築規則」，達脅良太郎即藉著一紙命令，強行實施市街改正。民權路也因緣際會，成爲台灣最早「改頭換面」的一條市街。

日人大刀闊斧改建的新穎街衢，使當時仍稱爲「三角湧街」的民權路煥然一新，街路中央更鋪設輕便鐵道，

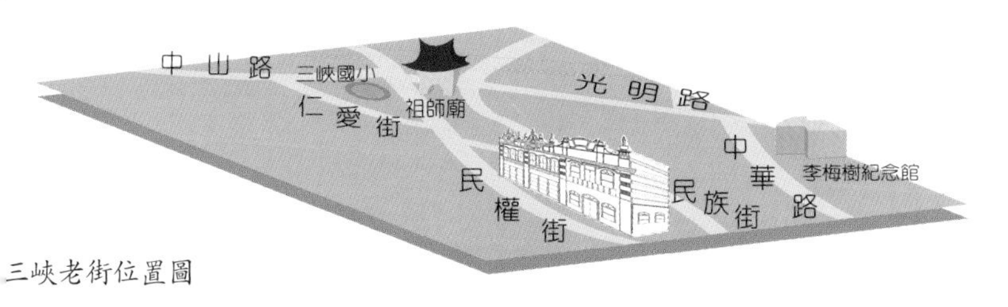

三峽老街位置圖

讓三峽的茶葉、樟腦、藍靛染料、煤礦等地方產業可以貨暢其流，運輸更爲便捷。

日據末期，由於中國傳統棉衣布料受到歐美及日本服飾的衝擊，染業漸趨沒落；加上樟腦、煤礦等資源的逐年減少，終於擊潰了三峽的經濟命脈。六十年代又因青壯人口大量外流，使得原本就前景堪虞的三峽街肆更是難抵無情歲月的淘洗，益顯沉寂落寞。

老街特色

三峽老街集中於民權路南段，全長二百四十八公尺，共有一百零二間店屋。這些店屋均採用中國傳統的長條街屋形式，面對面排列構築而成。店鋪最初的形式包括一道門二片活動大窗，但日據大正四年（公元1915年），日人實施市區改正時，將店面前端的「亭仔腳」向內退縮，立面全部改建爲紅磚牌樓，也就是目前所見到的磚牆拱廊型態。

▲民權路的街屋多半爲閩南式樓身，圓拱紅磚門廊相互毗連銜接。

▲三峽老街的亭仔腳仍然保留初建原貌，古意盎然。

民權老街的屋頂正面，有的僅以實心、鏤空或裝匾額框建成，有的則加蓋女兒牆及山頭，不一而足。加蓋女兒牆及山頭的屋脊，大多採巴洛克式的裝飾手法，形成所謂的大正年間洋樓建築。尤其山牆的部分，更是裝飾重點所在，主要題材包括幾何圖形、吉祥紋案、雲波、財寶、樓閣、龍鳳、麒麟、虎豹獅象、蝙蝠、魚鳥、樹草、花卉等，變化多端。長方形的匾額牆飾，則以店號、堂號、羅馬文字和行業等四類居多。

街道寬度還不到八公尺的民權路，人車進出不易。這條曾被現代都市計畫專家形容爲「充滿巴洛克風格，爲台灣少數保存較為完整，且深具歷史價值之傳統街區」的老街，由於未能妥善維護，已陸續有十幾間店鋪倒塌，危在旦夕的房舍有三十幾間，另外的三十多間則早已人去樓空。目前仍舊守著老宅繼續營生的，大多只能從事一些「小門面」的過時行業，勉強維持生計。無怪乎三峽老街的拆與不拆，多年來一直爭議不休。

賞遊景點

三峽「長福巖」祖師廟，是當地居民的信仰中心。這座廟宇曾於日軍侵台時遭焚毀，光復後由畫家李梅樹主持改建，素有「台灣民間藝術殿堂」之稱。祖師廟的最大特色，在於全殿以雕刻取代彩繪，每根石柱的雕刻題材都出自歷史演義或神話傳說，透過匠師的精湛雕技，栩栩如生展現在高大廊柱上，令人激賞。

橫跨於三峽溪上的長福橋則建於日據昭和年間，外型模仿大陸蘆溝橋。

▼由舊鎮公所改建而成的歷史文物館，收藏許多三峽文物史蹟。

▲長福巖祖師廟，素有「台灣民間藝術殿堂」之稱。

長福橋的興建象徵著三峽水路運輸結束，以陸路為主的時代正式來臨。橋上擺置了各種造型的石獅，還有多座外觀醒目的涼亭供遊客歇息，在此停步遠眺三峽拱橋及山光水色最是賞心悅目。

三峽歷史文物館由舊鎮公所改建而成。這棟建於昭和四年的紅磚黑瓦廳舍，曾是全台最美麗的辦公大樓，館內陳列三峽小鎮發展歷程的各種相關圖文器物。館旁的三峽國小校門入口，二十餘株老茄苳枝葉繁茂，濃蔭遮天蔽日有如綠色長廊，與歷史文物館的優美外形輝映成趣。

特產美食

歷史文物館西側的「三角湧輕便車站」，是三峽最出名的餐飲休憩站；老街上的茶館，陳設布置古色古香。民生街有不少飲食店，各地知名的小吃樣樣俱全。老街北側的文化路，大型速食店與餐廳則近在咫尺，任憑個人喜好吃飽喝足。

陶瓷老街

▲陶瓷老街中仍可見到狹窄彎曲的巷道。

台北縣鶯歌鎮，從清代起就以燒窯行業著稱；大街小巷幾乎處處可見陶瓷工廠，高大的紅磚煙囪日以繼夜不斷地昇騰著縷縷窯煙。數百年來窯廠與煙囪已成爲鶯歌小鎮最爲人熟悉的景象。鎮內燒窯製陶的發源地——尖山埔路，也因此贏得「陶瓷老街」的美譽。

儘管一些年湮代遠的老窯廠早已夷爲平地，建起了一棟棟的新式樓房，高聳入雲的煙囪也近乎絕跡。但近年來在台北縣政府的有心推動下，短短不到一公里的尖山埔路遍布著各具特色的陶瓷藝品店，燒窯業的春天彷彿回來了，並以另一種面貌延續著鶯歌小鎮世代傳承的陶藝命脈。

▼尖山埔路拆除老舊房舍，改建成現代化的住商混合式建築。

歷史背景

台北縣鶯歌鎮舊稱「鶯歌石」，地名來自山腹一塊狀如收翼巨鳥的岩石。相傳明鄭時期，鄭成功爲了控制地理重要性僅次於雞籠的南崁港口，除了派遣部隊進駐外，還飭令官兵協助民眾拓墾，使得鶯歌與三峽一帶，成了繼淡水、新莊和金山之後發展快速的移民天地。

鶯歌濱臨大漢溪，水陸運輸暢通，且位居桃園大料崁溪與台北淡水河的中間，自清朝雍正年間就有大批漢人入墾。不過較爲特殊的是，當時前來此地墾殖的移民，絕大部分來自於大陸福建的漳州與泉州。今天漳泉二州的後裔，幾乎占了全鎮人口的八成以上，而台灣其他地區還不到兩成。

鶯歌陶瓷的發跡，相傳肇始於清嘉慶年間。當時泉州人吳鞍發現鶯歌尖山地區的黑土與「大湳土」——又名「永昌土」的赤土，鐵質與草根含量相當豐富且黏性強，非常適合拉坯製陶；加上附近林地面積廣闊，薪柴和雜草足以供應燒陶所需。於是帶著家人前往屯墾定居，開始了製陶燒窯的工作。吳鞍慧眼選中的地點就是現今尖山埔路一帶。

▲每家店的磚牆上都有「陶瓷老街」的磚飾。

鶯歌得天獨厚的水陸運輸線，以及日據期間日人所完成的台北-桃園縱貫線鐵路，讓正在萌芽階段的陶瓷工業有了好的開始，也使鶯歌陶瓷在光復後至五、六十年代，得以迅速發展爲執台灣陶瓷行業牛耳的重鎮。全盛時期大大小小的工廠不下七、八百

▼「鶯歌陶藝博物館」內闢有許多園區，景觀造型各具特色。

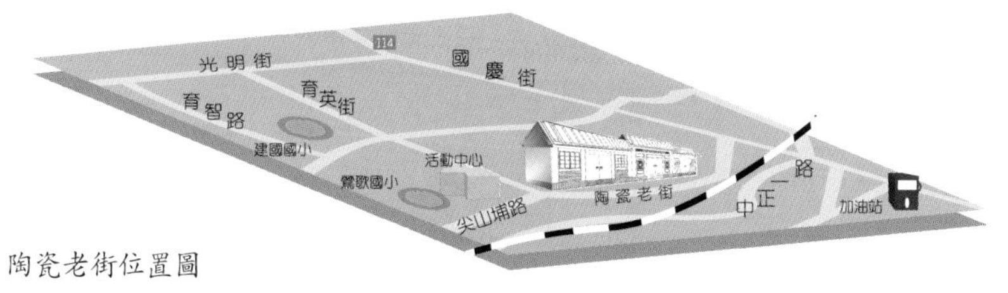

陶瓷老街位置圖

▲以陶瓷藝品擺飾而成的店面。

家，從事陶瓷製造及加工生產的人口更超過全鎮百分之七十以上。當地生產的陶瓷製品林林總總，有平價的各式各樣家庭用品，也有高級精緻的仿古藝品，實用或收藏任君選擇。

隨著產業結構的變遷，六十年代後期，鶯歌陶瓷業不可避免地步上盛極而衰的命運。不少業者由於技術無法突破、缺乏企業管理的知識以及內外銷產品惡性競爭等多重因素的影響打擊，相繼陷入經營危機，一些規模較大的窯業更瀕臨倒閉。整個「陶瓷王國」坐困愁城，蒙上了一層層化不開的陰霾。昔日的榮景已失去耀眼的光芒，許多無以爲繼的工廠紛紛關門歇業。而泥土的清香、紋彩的瑰麗卻永遠不可能走遠，因爲不管時代如何改變，鶯歌已與陶瓷畫上等號。

老街特色

令人意外的，鶯歌的「陶瓷老街」並不是一條古色古香的老舊街道，而是街貌整齊、新穎又時髦的商店街。這是台北縣政府爲了振興地方產業，特別斥資一億二千餘萬元重新修整的新街道，兩旁共有五十多個店面。

看起來一點都不老的「陶瓷老街」，用石磚鋪地、以陶瓷意象爲街景地標，全長不到一公里。街道兩旁的每家陶瓷藝品店各有不同的家學淵源，店面裝飾自成一格。走在平坦的石磚路上，心情也跟著愉悅起來。陶中觀世界，甕裡尋知音，在這裡陶瓷是唯一的話題，也是大家共通的語言。如此閒逸舒適的感覺確實與其他壅塞狹窄的老街迥然不同。

▲各家店鋪的特色，從門面擺飾便可一窺全貌。

鶯歌陶瓷產品琳瑯滿目，有唐三彩、交趾燒、古逸茗壺、仿古青花鬥彩藝術品、茶具、香爐、砂鍋、燉鍋、中藥壺、花瓶、花器、人物、佛像、結晶釉、現代陶藝飾品，以及建築用的琉璃瓦、地磚、壁磚、衛浴設備、家庭器具、陶瓷玩偶及兒童玩具等。由於產品大同小異，業者間的競爭十分激烈，有不少產品的標價各家不一，甚至出現價差相當離譜的情形，因此建議有心選購者最好多走幾家看看。

▲以鶯歌展翅為造型的商店招牌，切合鶯歌的地名。

賞遊景點

鶯歌鎮上除了已經打響名號的「陶瓷老街」尖山埔路之外，中山路、文化路與中正路交叉口，也是陶瓷藝品店密度極高的地方。

由文化路經火車站、平交道左轉中正一路，右側山坡上的大岩石就是鶯歌的地標──鶯歌石，循岩石基座石階爬上山丘，可至林木扶疏、綠意映然的「山林公園」。這裡可以俯瞰三峽、鶯歌的錦繡山水，鎮上香火鼎聖的碧龍宮及宏德宮也都近在眼前。

特產美食

鶯歌鎮中正一路的熱鬧街區上，有幾家是當地人百吃不厭的著名小吃。與中山路交叉口的勇伯麵店，以邊緣微裂的仿古瓷碗盛裝加了紅燒肉與碎骨頭的湯麵或乾麵，雖然有人以其餐具簡陋謔稱為「垃圾麵」，但口味確實獨特，因此吸引了不少饕客上門。

距麵店約一百公尺的彰鶯肉圓店，以品質特佳的番薯粉做成外皮，內餡有精肉與竹筍，由於油炸火候到家，吃起來特別爽口。不過這家店每天下午三點才營業，而且不到六點半就賣光了，想嘗鮮的人得要挑對時間。肉圓店斜對面的蚵仔麵線，佐料特別豐富，包括大腸、雞肉、豬肉、花枝、魷魚、蒜頭、筍絲、芹菜等，調味極佳，下午四點開始營業，經常高朋滿座。

▼店面雅潔乾淨是陶瓷老街各店共通的特點。

▲陶瓷老街入口的「地標」，以展翅翔鶯和紅磚拱廊搭配而成。

大溪老街

▲左右兩排街屋的門面分別採用了方形磚柱與圓形洗石泥柱。

大溪鎮和平路，是台灣地區幾條名氣響亮的老街之一。比起經常面臨拆除爭議的三峽、旗山、新化等老街，大溪老街顯然要幸運多了。由於鎮民的堅持，大溪老街的面貌得以保持完整，如陳年老酒般散發出厚實濃醇的氣息，熏人欲醉。

大溪人爲維護老街一磚一瓦所付出的心力讓人感動，在世情如此澆薄的社會中，難得有一群人始終追思著先人的恩澤，拼盡全力保存著先人的遺跡。好山好水的大溪，孕育出的女子以出色的容顏傾倒眾生；瞭解老街的歷史會覺得這裡的建築好美，人情更美。

▼大溪鎮和平路老街以長條街屋共同築成街肆，每家店鋪立面牌樓造型繁複。

歷史背景

位於桃園縣東南端的大溪舊稱「大姑陷」，原是泰雅族的居地。清乾隆二十三年（公元1758年），廣東籍的謝秀川、賴基郎二人到此擔任土著管事，招募佃戶開墾農地，同籍移民聞訊後紛紛加入墾拓行列。墾民認為大姑陷的「陷」字語意不祥，於是改稱為「大姑崁」。

嘉慶二十三年（公元1818年），新莊林本源家族由於捲入艋舺頂下郊之間的械鬥事件，舉家遷居大姑崁。資本雄厚的林家在林本侯的領導下，大舉蒐購墾權，成為首屈一指的大地主，又利用大科崁溪航運的便利，經營鹽米買賣。不到數年，原本以農作為主的大姑崁逐漸轉變成繁榮的商業市街。

同治四年（公元1865年），當地鄉人李騰芳登科中舉，鄉民嘉誌其事，將大姑崁改稱為「大科崁」，不久後又在「科」字上加了一座「山」，成為「大嵙崁」。

先後多次改道的大科崁溪，原本從南崁流經大竹圍出海，當年淡水河可由南崁上溯至大溪，成為大陸船隻航行到台灣北部的航路終點站。由於水路交通便捷，大溪在清朝年間不僅是個繁榮的港口，更是北部漳州、泉州籍移民的重要據點。早年緊鄰河岸碼頭老城區的和平路、中山路，是貨物集散與交易買賣的商業中心。當年生氣蓬勃的市況，可以說是「萬商雲集，人聲鼎沸」。

日據大正八年（公元1919年），日人在大溪施行市街改正，外商富賈聚集的和平路、中山路，成為首當其衝的改建目標。曾向日人學習泥匠技藝的陳旺來、陳三川兩兄弟，展現不同以往的做法，將台灣寺廟建築常用的剪黏和交趾燒運用在「牌樓厝」騎樓的街屋上。立面山牆的浮雕裝飾題材，大量使用中國的各式吉祥圖案，

▲早年洋行林立的大溪，如今只見到當時西式建築的遺跡。

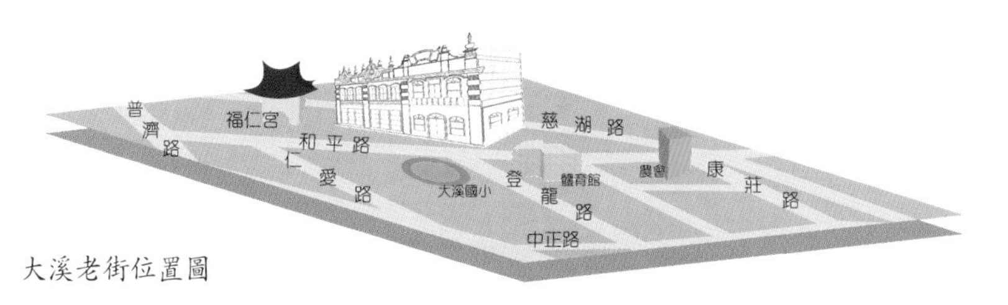

大溪老街位置圖

包括龍虎麒麟、鯉躍龍門、牡丹富貴以及各種花鳥走獸、草木蟲魚。這些造型誇張、構圖繁複的華麗裝飾，除了讓當時的各商家歎爲觀止且爭相仿效外，更由於保留完整，成爲大溪彌足珍貴的文化資產。

老街特色

大溪老街，指的是老城區的和平路與中山路兩條街道。和平路全長四百多公尺，街道兩旁的一百二十七戶商家，井然有序地形成長條街屋型態。中山路街道長度與和平路不相上下，兩旁街屋以住家居多，巴洛克式牆面的保存不如和平路來得完整。

和平路是大溪鎮內最古老的一條街道，當年日人進行市街改正時，由於這裡的住戶幾乎都是經商有成的富賈，因此整條街道的立面牌樓，無不挖空心思在繁複的浮雕圖案上爭奇鬥豔。這些圖案的色彩與光澤在時間的摧蝕下，雖然大多已沉滯褪色，卻無

▲中山路上的立面牌樓採用巴洛克式裝飾，如今只剩下門面外牆。

▲和平老街立面山頭裝飾繁複，爭奇鬥豔。

損於原先構圖布局的熱鬧氣氛，如今看來依然搶眼。

值得一提的是，當年居民爲了能使街道和碼頭聯繫，興建店鋪住屋時還特地讓出一條小徑，做爲苦力挑貨進出的通道，大大減輕了迂迴繞道的辛苦。這條稱爲「月眉通路」的小徑與和平路底通往昔日碼頭的石板古道，都可以見出先輩溫柔敦厚的作風。尤其後者的階梯更採「之」字型設計，在轉彎處形成摺扇狀，降低每級階梯的高度，讓靠勞力維生的苦力得以減少爬坡之苦。如今這條仍保留著原始面貌的石板古道，已是大溪著名的觀光勝景，與老建築一同見證大溪的風光歲月。

賞遊景點

隱居於老街後面的「後尾巷」，是早年挑夫就地搭蓋簡陋草寮居住的地方，由於搭蓋時亂無章法，因此當地人戲稱此巷弄爲「迷宮」，路徑不熟的人經常還會有闖進死胡同、哭笑不

▲和平老街爲苦力特別興建的「月眉通路」。

得的窘況發生。

從和平老街轉入普濟路，則是有「宗教大觀」之稱的地區。佛教、道教、天主教、基督教、一貫道、家廟等群集於此，長年相安無事，堪稱爲大溪另一項與眾不同的景觀特色。

此外，大溪不僅是北部橫貫公路風景線的出入口，更是桃園東南山隅的旅遊重鎭，不少遊客將大溪與北橫復興、羅浮、小烏來、角板山、東眼山、達觀山等山區的行程貫連；也有人結合周邊石門、慈湖、小人國、虎頭山、阿姆坪、龍珠灣、龍溪等遊樂園區，享受遊山玩水之樂。

▼通往溪畔碼頭的石階步道，階梯高度與扇形設計都經過細心考量。

特產美食

豆乾是大溪最著名的特產，不過業者基於成本考量，絕大部分都以其他縣市貨源取代，想要吃到道地的大溪豆乾，目前除了現成滷味和豆腐乳外，僅有採用眞空包裝，口碑和風評都不錯的豆乾產品。

大溪的韭菜馳名已久，在餐館或小吃店點一盤道地的「韭菜炒豬腸」或「韭菜炒豆乾」打打牙祭，保證吃來齒頰留香，回味無窮。

此外，當地餐館視對象「限量出售」的大漢溪特有溪蝦魚類，如鯰魚、三角鮎、鯽魚與溪哥，肉質鮮嫩香甜，與傳統石門水庫活魚全然不同，不是行家還眞吃不到這些獨特美味。

▲老街上已有百餘年歷史的打石店。

北門大街

▲紅磚拱廊街屋兩側的小拱窗不是常見的圓拱形，而是半六角狀。

新竹市北門街，從清朝以來一直是「竹塹城」的商業中心。當地居民習慣稱爲「北門大街」的北門街，全長雖然只有七百二十多公尺，不過在這條歷史悠久的街道上，卻並存著許多不同時代的建築，包括清朝時期的閩南式傳統街屋、日據大正年間的西式洋樓及仿巴洛克式建築、昭和時期現代主義式建築、七十年代公寓式樓房以及九十年代鋼骨結構的高樓大廈。

這些代表著不同時空背景的街屋建築形式，新舊夾雜地矗立在街道兩旁，足以反映出時代與建築之間的微妙關連，由此可以見出北門大街的興衰歷史。

▼北門街上的巴洛克式洋樓，立面貼飾瓷磚，山頭浮雕造型繁複。

歷史背景

新竹縣舊稱「竹塹」，早年位置在頭前溪下游與客雅溪之間，也就是新竹平原西南側，原爲平埔族道卡斯族的社地所在。根據新竹廳志記載，竹塹社在土名武營頭至鼓浪街、暗街仔附近，即現今新竹市北區舊社里。

明朝永曆三十六年（公元1682年），新港（苗栗後龍）、竹塹諸社番亂，鄭軍左協陳絳率兵討伐，眾番分向寶山、舊港、新埔等地逃逸。當時，來台經商的泉州同安人王世傑，隨軍運餉建功，獲准開墾竹塹，乃召集同籍移民百餘人，斬茅結蘆爲屋，積極進行墾拓。關於王世傑開墾竹塹還有一說。在清軍即將攻台，明軍布署備戰之際，王世傑由南部督運軍糧至雞籠、滬尾等地砲壘，途經竹塹曠野荒埔時，見此地僅有少數平埔族人活動而動念開墾。等王世傑完成運糧任務返回南部後，請奏開墾竹塹獲准。清軍領台後，王世傑返回泉州故里，至康熙三十年（公元1682年），才率眾再度來台拓墾。

王世傑帶頭拓墾之處，即現今東區東門街及暗街仔、西區西門大衝至外棟腳一帶。至康熙五十年，墾地範圍

▲竹塹城池中碩果僅存的東門。

已北至濱海二十四處社地，南至苗栗十三處社地，遍地種植苧麻、芋薯等作物，幾不留荒埔。當時漢人在竹塹社舊址形成的大集村，以拓墾之初樹林繁多，取同音雅字爲「士林莊」。

由於竹塹發展迅速，雍正元年（公元1723年）設淡水廳治於此，十年後同知徐治民在士林莊環植莿竹，改稱爲「竹塹城」。嘉慶年間蔡牽之亂平息後，增築土垣；道光年間改建爲石垣，闢東西南北四門，不久又增建四座門樓。

日據明治三十一年（公元1898年），北門街失火，燒毀拱辰門，翌

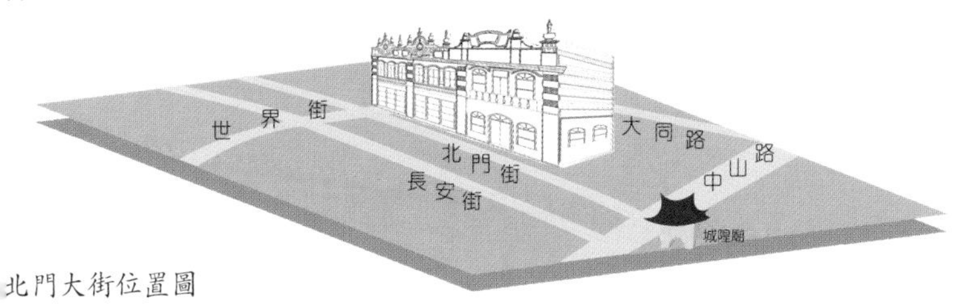

北門大街位置圖

▲昭和現代主義時期的街屋，拱廊以石材取代紅磚，門面的洗石圓柱造型簡單。

年日人修築公路與改建街道，西南兩門及所有城牆悉遭拆除，僅留下迎曦東門。

老街特色

北門街在清朝時就已經發展爲商業中心，主要原因是該街連接竹塹最早開發的東門聚落，並與西門街相鄰，加上路口又有香火鼎盛的新竹都城隍廟帶來熱絡的商機，因此定居落戶的人越聚越多，商鋪店家紛紛入駐，街肆範圍遂往外呈幅射狀擴展開來。

日據期間的市街改正雖然將北門街的狹窄街道取直拓寬，街屋形貌也改爲當時盛行的巴洛克式建築。不過，由於日人建設完成的基隆港已取代港口機能逐漸喪失的竹塹舊港，加上日人將新竹商業重心轉移至火車站一帶的新興商圈，北門街得以在改建風潮中保留一些原味。市街的老舊行業，如米店、繡莊、中藥行、糕餅店等如今還是大張旗幟地賣著老字號的各色商品；許多具有傳統特色的店鋪建築，也得以全身而退，和其他不同時代的街屋並存下來，成爲北門大街的一大特色。

其中，閩南式傳統街屋、大正西式洋樓及巴洛克式建築，以及昭和現代主義式房舍等，目前多半都還保留著原始的面貌。這些街屋的外牆或立面，雖然有些已改建爲紅磚或洗石子，面牆也貼上了瓷磚，不過內部仍保留著原先的格局與設施，並未遭到破壞。

賞遊景點

近年來以資訊科技及玻璃工業馳名遐邇的新竹市，是個古意與新貌同時並

▼新建的大樓，外觀以古典的歐化造型爲主。

呈的都市，這點在步出新竹火車站時最能感受出來。正在全面維修的火車站，散發著歐洲文藝復興時期巴洛克式建築的風采，盔甲式的鐘樓讓人彷如置身於中世紀，但是進出其間的電車與旅客卻又現代感十足，時空交錯的驚喜俯拾皆是。

▲已有百年歷史的中藥鋪，內部建材與陳設古色古香。

▲剝落的牆面在找不到古磚下，只能以石材代替。

循著中正路地下引道進入護城河道改建的歷史走廊，以圖片陳述竹塹古城從草創迄今的各種不同風貌。而噴泉與親水公園則是以活潑生動化的手法，改變了大家過去對護城河的刻板印象。昔日竹塹城池唯一留存至今的東門，重新整建爲市民知性遊憩廣場，賦予古蹟新的生命活力。這座古城門樓入夜後有燈光投射，假日還有樂團現場演出。新竹的東門儼然已成全台最具親和力的古蹟。

特產美食

新竹又稱「風城」，來自台灣海峽喇叭口的「拱堂風」，每年五月至九月間經常在此大發雄威。這裡的豔陽和季節大風所曬製風乾出來的米粉，早已揚名海內外。此外，早年以木棒將豬肉槌成肉泥，純手工做成的新竹「貢丸」也大大有名，灑上點芹菜煮湯，湯鮮味美，配上一盤炒米粉，就是最道地的吃法。

密集圍繞於城隍廟一帶的「廟口小吃街」，幾乎有一半以上的攤位都以米粉和貢丸這兩項明星特產爲號召。事實上，廟口小吃還有許多值得一嘗的南北口味小吃，如魷魚羹、肉圓及肉粽等。

北門大街上的新復珍「竹塹餅」，是當地最富盛名的精緻茶點糕餅。

▼新竹城隍廟的廟口小吃，可以嘗到道地的新竹米粉和貢丸。

湖口老街

▲湖口老街的街屋建築，以規模壯觀及氣派宏偉見稱。

湖口老街是一條因車站設立而興起，也因車站遷移而沒落的街道。商業機能的榮枯，道盡湖口老街的滄桑演變。時不我予讓這條典雅風格堪稱「台灣第一」的街道被侷促在偏僻的郊野一隅，默默看著鄰近商圈的繁華與人潮。不過，也正因爲如此與世隔絕，老街才能幸運逃過功利社會的無情破壞，在時代巨輪的疾馳下，依舊保有悠閒與迷人的丰采。

親炙過湖口老街的迷人風貌，會讓人舊地一再重遊。看著落日餘暉映照在紅磚面上，看著門前阿婆含飴弄孫的怡然自得，都讓人心頭甜膩地幾乎想定居下來。假日時所湧進的人潮帶來商機，不過湖口老街的悠閒面貌卻像老僧入定般不受影響，這種功力可能也是讓人一遊再遊的原因吧。

▼湖口老街有台灣地區最早興建的紅磚拱廊街屋。

◀窗下的福祿壽三星交趾燒。

歷史背景

位於新竹縣西北端的湖口鄉，原是平埔族的社地。根據湖口鄉志記載，清乾隆五十九年（公元1794年），廣東惠州陸豐移民羅宏陞、徐翼鵬等人率先來到此地開墾，隨後大批客籍移民陸續加入，逐漸形成散村聚落。由於位置在桃園古石門溪沖積扇的最南端凹地，低窪地區積水成湖的面積最大，因此稱地名為「大湖口」。

大湖口是台地進入山區的起點，自然成為附近村落的貨物集散地，也迅速發展成為熱鬧的市集。光緒十四年（公元1887年），台灣巡撫劉銘傳開築台北經桃園、中壢、大湖口至新竹路線鐵路，完工通車後，以德國進口的「騰雲號」蒸汽火車，每天來回行駛四至六趟。這條繼台北基隆之後完成的鐵道，改變了北部地區以往只能憑靠船舶航行運輸的交通，同時也改變了大湖口的命運。

鐵道通車還不到兩年，滿清政府將台灣拱手割讓給日本。為攫取島上農漁林礦資源，日人重新規畫縱貫鐵路，將原先台北至桃園的路段大肆變更。所幸從桃園經大湖口至新竹的路線，由於山區坡度陡突，變更不大。明治四十一年（公元1908年），縱貫鐵路全線開通後，大湖口隨即躍居為新竹北端山區的商業重鎮。

日據大正三年（公元1914年），地方人士認為大湖口未來發展潛力無窮，於是由當地鄉紳富賈共同募集資金，在火車站東南側興建了一條筆直

▲湖口老街立面的紅磚拱廊，圓弧較其他地方來得寬大。

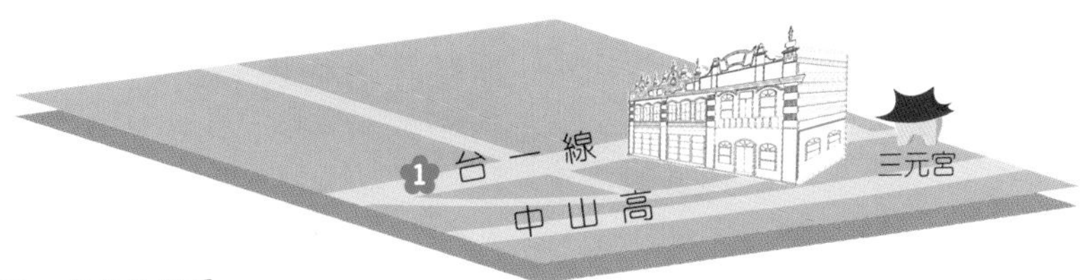

湖口老街位置圖

▲磚柱旁的黑色鐵櫃，將每户住家的水錶、電錶等設施集中收納。

寬闊的商店街。每一家店鋪均爲二落二院式格局，雙層連棟的紅磚拱廊氣勢不凡，街面並設有拱形門廊的「亭仔腳」，堪稱是當年最爲豪華新穎的街道。

不料，大湖口易名爲「湖口」後，桃園至湖口間的路段因火車事故層出不窮，日人研判後以楊梅到湖口間的坡度彎度過大且路基不穩爲由，在昭和四年（公元1929年），將鐵道改由楊梅以西丘地，經伯公崗（富崗）至下北勢新設的湖口驛。車站的遷移使湖口地名一分爲二，舊站地區稱爲「老湖口」，新站一帶爲「新湖口」，兩地相隔數公里。隨著車站的遷移，人潮轉聚於新站，老湖口頓時被打入冷宮，商業機能全面停擺，市況也從此一蹶不振。

老街特色

湖口老街以昔日庄廟「三元宮」及廟埕作爲南北向長街與東西向短街的「L」形交點。這兩條建於日據大正四年（公元1915年）左右的長條形市街店鋪，同樣都以磚造牆面爲主，採用硬山擱檁結構，正面大多爲紅磚拱廊形式，一樓爲單拱，二樓的樓面開立三窗，有拱形與方形兩式。每間店鋪前緣均設有俗稱「亭仔腳」的拱圈騎樓，立面頂端牌樓多半以磚砌裝飾爲主，僅有少部分以水泥或洗石子雕飾。雕塑的圖案，包括花卉、鳳凰、獅身、人物及「財子壽三星」、「李白醉酒」等交趾陶。女兒牆及山牆的西洋巴洛克式裝飾，造型繁複多樣，上面題有堂號或商號名稱。

湖口老街的南北向主街又稱「南北

▲這是老街上唯一以洗石子爲主的後期建築。

▲三官大帝廟「三元宮」是老湖口居民的信仰中心。

大街」，全長三百多公尺，早年以灌溉溝渠為界，區分成南北兩段。靠近三元宮廟宇的北段，多半為二層樓建築，較為精緻，是市街的主要部分，保存也較為完整，南半段的街屋則以一樓居多。

三元宮前的東西向短街，是湖鏡村民口中的「街頭」，也是昔日湖口商業精華區所在地，老樹掩映的天主教堂就是日據年間湖口驛（火車站）的地點。

繁華落盡的湖口老街，雖然失去交通要站的舞台及商業機能，但老街容貌卻因禍得福地完整保留下來，成為台灣地區最美與最具原味特色的一條老街。

賞遊景點

湖口老街旁的「三元宮」，創建於日據大正三年（公元1914年），廟內除供奉當地居民信奉的三官大帝外，也同祀觀音菩薩、媽祖和註生娘娘。早年未建廟前，篤信三官大帝的居民還得大老遠跑到新豐鄉三元宮才能一瞻聖顏。湖口舊站帶動地方發展後，居民從新豐分香到車站旁建廟，成為當地最重要的信仰中心。三元宮的廟貌與老街一樣古樸，山牆燕脊、窗牖雕飾，均值得細心鑑賞。

特產美食

沉寂已久的湖口老街，原本除了「街頭」幾家販賣民生物品的小商店外，南北大街上少有店鋪。不過隨著老街聲名遠播帶來參觀人潮後，販售擂茶、福菜、鹹香腸、醃豬肉、柿乾、柿餅等客家特有物產的小商鋪相繼出現，其中的鹹香腸、醃豬肉和客家肉粽，都有相當不錯的口碑。

▲湖口老街停滯八十多年後，近年才有公寓式建築出現。

北埔老街

北埔老街是個由街道與聚落串連而成的老舊市街。街域範圍主要是由慈天宮觀音廟前的北埔街、廟前街、南興街、城門街等幾條街道共同構築而成。街道蜿蜒彎曲，低矮房屋緊密毗連，是整個老街區內的相同特色。

▲荒廢已久的「忠恕堂」，外牆十分別致。

北埔老街除了深沉古樸的建築風貌令人駐足流連外，在迷宮般的巷弄轉角還可驚喜地發現到大小不一、造型不同的古井。低矮的土埆厝是舊農村社會的寫照，曲徑通幽處還可聽到閒話家常的笑語聲，斯情斯景總會讓思緒飄然回到三、四十年前，教人低迴不已。

◀北埔街是鄉內的主要街道，紅磚街屋已經過重建整修。

◀北埔聚落的民宅。石階圍牆是開發初期的防禦措施。

歷史背景

新竹縣北埔鄉與鄰近的峨眉、寶山兩鄉，早年舊稱「大隘」。這裡原是平埔族道卡斯族的社域。北埔的地名，並無相關的文獻資料，後人推測可能是由於「位在北方盆地」而來。

新竹地區的開發始自明末清初，到了道光初年大都已墾殖完成，僅剩距離竹塹城不遠的大隘後山草萊未闢，常有土著出沒騷擾。淡水廳同知李嗣鄴為經營東南山區，於道光六年（公元1826年）在石碎崙設隘募丁駐防，並令九芎林庄總理姜秀鑾在南橫崗頂續建隘樓，以縮短番界。

姜秀鑾認為設隘墾地，耗費過大，不如募集資金成立墾戶採通盤經營的方式來得有效。姜秀鑾的提議獲得同知李嗣鄴同意後，由竹塹西門總理林德脩與姜秀鑾各募十股，並以「金廣福聯扮社」為總墾戶的名稱。其中，「金」字指官方，「廣」字為廣東籍墾民，「福」字為福建籍墾民，意味著這個組織是由官府和閩粵墾戶共同出資組成。墾首之一的林德脩留在竹塹城內，主辦衙門公務與會計事務；

▲開發後期沿北埔街兩旁興建的長條形街屋，還能維持原狀者已不多。

而姜秀鑾則在現場負責守隘與監督開墾工作。

姜秀鑾率領墾民從竹東進入北埔盆地後，隨即興建「金廣福公館」，做為後山拓墾基地，陸續向埔尾、月眉（峨眉）、獅頭坪等地推進。由於墾區規模龐大，且防線極長，因此當地總稱「大隘」。

墾殖進展順利後，姜秀鑾開始著手建設北埔，除在開闊的西南北三面種植莿竹做為城池外，並開設四座城門以通內外。到了咸豐年間，北埔、峨眉、寶山三鄉的土地，幾乎已經全都開發完成。

北埔是新竹東南山區的貨物集散地，重要地位自古至今始終如一。也因為這個緣故，被稱為「山城」的北埔，目前仍然持續發展中。

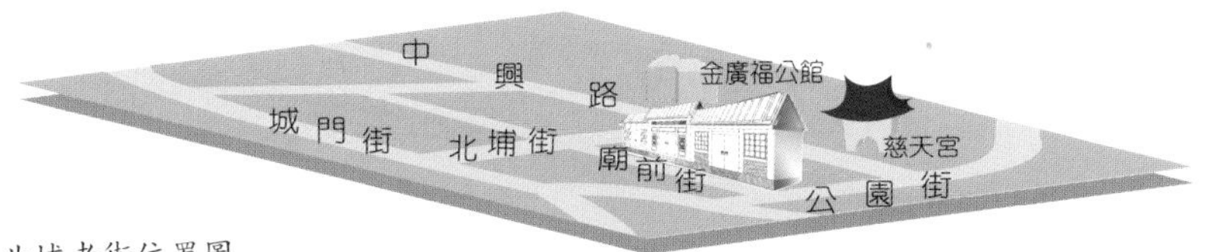

北埔老街位置圖

▲聚落內的巷道狹長，目前仍爲居民的進出通道。

老街特色

北埔街區集中於秀巒山腳下，由於此地是當年先民的墾拓基地及指揮中樞，街區的性質類似邊疆地區的軍事城堡。早年，由於防禦功能要求較高，因此住屋的安排十分緊密，形成其他台灣街市少見的獨特景象。

北埔街區的重心有兩處，一處是當年統轄墾務的金廣福公館，另一處是當地民眾信仰中心的慈天宮。這兩座同在廟前街的建築物東邊，也就是秀

▲巷弄轉角處處可見的水井，形狀不一，早年爲居民重要水源。

巒公園下方的秀巒路一帶，是一片密集低矮的土埆厝，這是墾拓初期佃農的住所，建築形式較爲簡陋，街巷彎曲狹窄。

慈天宮西端的房屋是地方情勢穩定以後才興建的，大部分屬於長條形街屋，沿著北埔街兩旁毗連而建。街面的第一進以二層樓居多，店面前緣留有「亭仔腳」騎樓，立面是日據時期街道拓寬之後所重新搭建，以紅磚或貼瓷磚做爲牌樓，每家店面的外牆均採三開間，中間大，兩側小。一樓的

▲大門深鎖的秀水堂。從石造門柱的格局，可以想見內部典雅的布置。

造型與二樓相同，但門牆大多爲兩支貼瓷磚的圓柱。

由於這些街屋建造使用的時間較久，有不少已重新整建過，整體街貌的風格互異，顯得相當不協調。

廟前的北埔街至南興街口的路段，以前稱爲上街；從南興街至北埔國小前的城門街路段則稱爲下街。上下兩個街段的連棟長條形街屋以及日據時

▲媽祖廟「慈天宮」是北埔居民的信仰中心。

期改建的大正洋樓街屋，目前大多已改頭換面，成為招牌林立的「現代商店」區。

賞遊景點

北埔近郊的五指山，由於山形挺拔，五座山峰相互連結，有如伸開的五指高聳天際，早年曾以「指峰凌霄」名列台灣十二景。五指山下廟宇羅列，包括玉皇宮、盤古廟、灶君堂、觀音禪寺、五峰寺等，各具特色且都香火鼎盛。

北埔通往五指山途中的大坪溪谷，是北部聞名的消暑勝地。最富盛名的「內大坪冷泉」，源頭就在冷泉吊橋上游攔砂壩旁的山岩裂縫，四季泉湧不絕。下游地勢開闊，兩岸山勢陡峻，景色極為優美。附近十餘個大小淺潭，都是佳景天成的露天戲水區。

特產美食

北埔秋季特有的「九降風」，是製造柿餅、柿乾的絕佳條件。每年十月柿子成熟採收後，家家戶戶就忙著製造柿餅及柿乾。柿餅呈半透明橙黃色，質軟爽口；表皮有白粉且口感硬實者為柿乾，兩者風味不同。

北埔的東方美人茶又稱「椪風茶」，深受英國皇室的喜愛。椪風茶產於新竹與苗栗一帶的中低海拔山區，茶葉蓬鬆，葉片帶有白色細毫，因此又稱「白毫烏龍」。這種茶葉在栽植期間不能噴灑農藥，任憑浮塵子叮咬茶葉，使其產生特殊變化，沖泡時要等溫度降至攝氏四、五十度時再飲用，最為溫潤爽口。

此外，北埔的芋仔番薯月餅，皮脆不鬆軟，餡甜而不膩，頗有客家風味。每年中秋節前都會造成購買熱潮，大排長龍的情形屢見不鮮。

▲標榜「五代傳承」的百年餅店，店前門面為新近搭蓋。

苑裡老街

▲以磚造為主的屋身立面，水平帶上的商號名稱清晰可辨。

苑裡鎮的天下路，日據時期曾是台灣最主要的席帽產地，全盛時期街上有一百多家席帽店。當時以手工精製的涼席，觸感柔軟光滑，充分發揮出藺草清涼透氣的特性，而且還有一股沁人心脾的草香。手藝精湛的老師傅甚且可以拍胸脯保證，他們憑著眞本事編造出來的涼席，完全找不到一條尼龍線。

然而時移勢轉，苑裡天下路的製席業風光不在，老街目前僅剩的兩家席帽店，前景也如風中殘燭；疲態已露的天下街製席業可能眞要喟歎，天下之大何以無我容身發展之地。

▼苑裡天下路的街屋建築，許多是以長條木板作為牆身。

歷史背景

位於大安溪北岸的苗栗縣苑裡鎮，舊稱「房裡」，原爲平埔族「崆灣麗社」的社地。這裡是苗栗地區開發最早的地方，也是昔稱「山城」的苗栗縣境內，少數濱臨海邊的平原鄉鎮之一。

苑裡與後龍、大甲等地，早年由於位處台灣南北交通的必經孔道，清朝乾隆年間商肆林立後，人口逐漸稠密。居民爲保護聚落住戶安全，紛紛興建大小城廓，先後發展成爲當時重要的城市。聞名中外，聲譽至今仍舊如雷貫耳的「大甲席」、「大甲草帽」，便是在這裡發跡的。

早年平埔族道卡斯族婦女常會割取大甲溪河床濕地的野生藺草，編織成床席和各種容器用具，入墾的漢人看到後群起仿效，進而發現藺草編織成的器物用品確實好用，一時蔚爲風潮，並逐漸流傳至外地。

日據時期，日人對這項以手工取勝的席帽編織技藝非常重視，先是有個名叫成井元齡的稅務員煞費苦心地改良傳統編製方法；繼而又有巡佐官員後藤十郎，在監獄裡傳授犯人編製席帽，官廳後來更同時在南投縣竹山鎮和台南縣關廟鄉設置編織技藝研習所，專門教導民眾竹、藤、藺草、林投葉、紙捻、檜皮等各種不同材料的編織技法。

其中，藺草由於繁殖力強，非常適合在沼澤地帶和水田栽培種植，加上藺草編製席帽在台灣起步最早，因此格外受到日人重視，想盡種種優惠辦

▲素有「古城」之稱的苑裡鎮，不少民宅形式別致，極具特色。

▲建於日據年間的街屋，面寬與樓層高度似乎較其他地方矮窄許多。

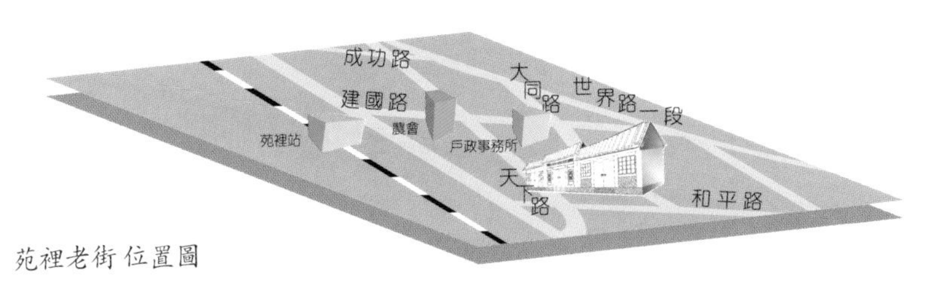

苑裡老街 位置圖

法，鼓勵農民推廣種植。

在日人大力推動下，以大甲爲集散地的「台灣席帽」大爲風行，一度躋身爲台灣五大對外輸出產品中的第三名，僅次於蔗糖和稻米。不過，由於苑裡生產的席帽製品，必須經由大甲月眉糖廠鐵路轉運至縱貫線鐵路，再由基隆出口外銷，導致苑裡的席帽一直張冠李戴，甚到今天都還掛著「大甲席帽」的名號。

老街特色

苑裡鎮天下路是鎮內貫穿南北的三條主要街道之一，從鎮公所前的新興路口，向北延伸至保安宮旁的世界路，全長一公里餘。天下路老街的範圍，由火車站前爲公路的「街頭」，也就是苑裡鎮農會辦公大樓的交叉路口，至保安宮旁世界路的「街尾」爲止，長度約三百公尺左右。

天下路老街，是日據時期苗栗與台中兩縣海線一帶最爲熱鬧的市街。不過，天下路與其他繁榮市街不同的

▲深幽長巷裸露的「土埆」牆壁，爲苑裡增添無限古意。

▲苑裡鎮內的早期建築，樑欜結構精雕細琢。

是，這裡並不是物產集散、人潮熱絡的市集，而是以草席草帽聞名而成爲日人全力發展的編織工業重鎮。

街道兩旁以紅磚砌築而成的街屋，立面變化與裝飾不多。除了少數採用貼瓷磚或洗石子來刻意美化門面外，其餘大多保留著紅磚外刷白色石灰的原貌。隨著編製業的蕭條沒落，新穎的建築幾乎與此地絕緣，如今舉目所見盡是斑駁古老的舊房舍。

苑裡早年是縱貫鐵路海線上的一座古城，老街附近的民房大多爲歷史悠久的早期建築，雖然保存完好的老厝已逐年銳減，對於研究台灣早年的開發史仍相當有貢獻。

賞遊景點

從火車站旁的臨海路，過平交道三叉路右轉往苑裡港，沿途即是最早種植

▲天下路一帶的民房，使用的建材與外觀形式各具特色。

蘭草的北勢庄。前行至海濱，踩在海灘的黃色細沙上，欣賞著夕陽暮靄與碧藍大海交織而成的斑斕景象，塵俗的紛紛擾擾就像拍岸浪花消失得無影無蹤。

▲年代久遠的亭仔腳，古色古香。

退潮後的沙灘底下蘊藏著豐富的海岸生物。早些年仍可見到當地婦女拿著小釘耙，掘入潮濕的沙土向前緩緩拖行，泥沙從齒縫流失後，沙土中的貝類就會留在耙上。只是，近年來因海水受到污染，沙灘上耙蛤的情景已比較少見了。

位於房裡聚落中的順天宮媽祖廟，俗稱「城內媽祖」，是縱貫鐵路海線上最古老的廟宇。正殿與偏廂還保存著原始面貌，早年以福建杉建成的門檻窗櫺也保留至今。廟前義渡亭內的「房裡溪官義渡碑」，立於清朝道光年間，有特殊的歷史意義。

順天宮附近的房裡聚落，是苑裡最早開發的地方，也是當年城池所在地。蜿蜒曲折的巷道有如迷宮，巷道兩旁都是低矮的老舊民宅，紅磚土牆上記錄著歲月的痕跡。

特產美食

苑裡席帽曾經風行全台，品質至今仍是首屈一指。在老街上的席帽老店內挑頂輕巧柔軟的遮陽草帽，送禮或自用都相當不錯。清涼透氣的涼席也是物美價廉的紀念品。

苑裡濱臨海邊，新鮮魚貨終年不絕。此地海鮮店會視季節推出肥美鮮嫩的各色海產，剛撈捕上岸的魚類更是老饕的最愛。

▲苑裡老街上碩果僅存的席帽店內，擺滿各種不同款式的席帽。

犁頭店老街

▲老街現存的巴洛克式建築不多，此山牆立面的雕刻還相當完好。

台中市南屯區的南屯里舊稱「犁頭店街」。這裡不僅是台中地區開發的源頭，同時也是台中盆地北端的最大都市。在台灣各都邑的輪替中，台中市能夠以「後起之秀」的姿態，取代鹿港與彰化的核心地位，成爲台灣中部農業與工業中心，並且躋身爲中部最大商業都市，犁頭店街由聚成邑的開發過程，曾扮演著舉足輕重的角色。

二、三百年前草萊初闢時期，犁頭店街並不是一條商店雲集的市街，而是一個聚落的名字。早年的開發範圍，主要是以南屯區一帶爲中心，漸次向周邊擴展。因此，也有人稱這條老街爲「南屯老街」。

▼南屯路與萬和路交叉口呈三角狀，此一路段老街又稱「三角仔街」。

歷史背景

舊稱「貓霧拺」的南屯區，原為巴布薩平埔族「貓霧拺社」的社域荒埔。當年的社址在今春社里「番社腳」一帶。明朝末年，鄭成功據台後，曾派遣部將劉國軒率軍駐紮於此，但明鄭的軍隊只是防禦番人作亂，並未進行

▲以紅磚為屋身立面的街屋，開口均等的拱形窗楣上有泥塑裝飾。

拓墾。直到清康熙四十四年（公元1705年），當時擔任台灣北路營參將的張國，率兵征討大肚山番亂，發現貓霧拺一帶土地平坦肥沃，適合耕作，於是囑部將劉源沂、黃鵬爵二人，廣召漢人前往墾耕。

早年來自漳泉汀粵各籍的墾民，由於語言及族群屬性不同，經常為了爭奪水源、墾地等問題，發生械鬥衝突，辛苦墾拓的成果數度毀於戰火。康熙六十年（公元1721年）發生朱一貴之亂，台灣總兵藍廷珍到此地勘察後，再度募民前往開墾，才逐漸形成聚落，為漢人在此定居奠下根基。

「犁頭店」一名，相傳是漢人到貓霧拺拓墾之後，為了因應墾耕工作之需，出現許多打造農具的店鋪，不久即形成一條農具街。其中，又以犁頭耕器最為堅利，「犁頭店」的盛名也就不脛而走，漸為大家所熟知。

早年，犁頭店是彰化通往豐原——也就是台中盆地斜貫通路的中繼要站，同時也是附近農產品交易的集散地。鹿仔港開港後，這裡更成為內陸貨物進入彰化城，運往台中平原的重要轉運站。

不過，乾隆五十一年（公元1786年）的林爽文之亂，將犁頭店聚落與市街

▲老街上的低矮土埆厝，以竹木和泥土共構而成。

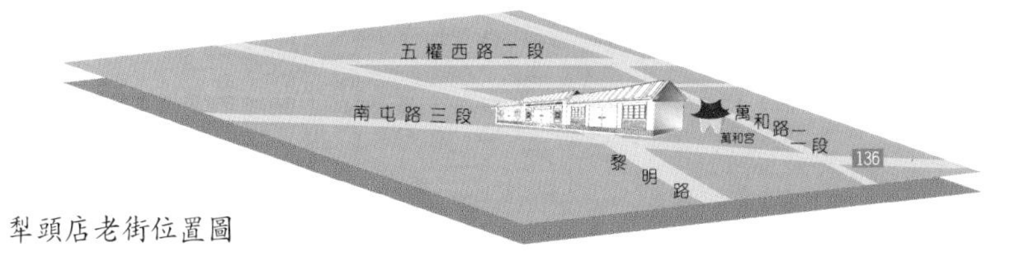

犁頭店老街位置圖

▲犁頭店老街的南屯路段，新舊建築毗連並立。

毀損泰半，導致這條老街的榮景一落千丈。兩年後，犁頭店街的店鋪住家陸續重建，但時機稍縱即逝，附近新興的「東大墩」（今台中市中區錦添、錦花、大墩、中墩等里一帶）趁機坐大，將犁頭店街遠遠拋在後頭。

老街特色

「犁頭店老街」也稱爲「南屯老街」，街區範圍以東西向的南屯路及南北向的萬和路爲主。東西向的南屯路長約兩百五十公尺，南北向的萬和路長約兩百公尺。這兩條街道形成三角形相會交叉，因此又稱爲「三角街仔」。這裡便是犁頭店老街昔日最爲繁華熱鬧的地帶。

古色古香的犁頭店老街，狹窄巷道兩旁的街屋大多是一些低矮陳舊的老厝。由於年代久遠，因此不論屋脊、廊柱、牆面、陽台或門窗幾乎都刻畫著漫長歲月的痕跡。

已有兩百多年歷史的犁頭店老街，不論東西向的南屯路或南北向的萬和路，目前都還保留著早期聚落市街的型態。街道兩旁建屋大多屬於牆身低矮、屋頂出檐且家家相連的傳統建築。只有少數幾間日據時期建造的二樓洋房，有著磚造紅牆、洗石立面、拱形屋頂及女兒牆上繁複的泥塑雕刻，呈現明顯的巴洛克風格。

▼犁頭店開發源頭的溪流，依舊從街旁湍急流過。

◀兩間同時建造的街屋，洗石牆身造型和簷飾不盡相同。

▲犁頭店老街周邊巷道狹窄，磚牆與「土埆壁」並立。

賞遊景點

台中市南屯區的萬和宮創建於清雍正四年（公元1726年）。這座見證漢人到台中盆地墾荒血淚史的媽祖廟，歷經數度大重建後，廟貌更見宏偉壯觀。每年農曆三、四月間的媽祖香期，犁頭店一帶的二十四字姓居民會出資延請戲班酬神，這種稱為「字姓戲」的野台戲每天少則三、四台，多則十餘台，演出時間更長達兩個月，在台灣其他地方相當罕見。

早年以犁頭耕器堅利聞名的「犁頭店老街」，在光復後至五十年代的農業社會時期，打鐵行業曾經興盛一時，街內同行競爭的店鋪多達二十九家，目前卻只剩下「慶隆犁頭店」一家還燃著熊熊的爐火。老闆蔡慶隆和兒子蔡源順二人捱著火熱高溫，揮汗如雨，不畏辛勞地堅守著先人祖業，讓這個曾在歷史中榮享盛譽的古老行業還有一線光明。

特產美食

犁頭店老街萬和路段的「林全生餅行」，是一家四代相傳的百年老店，馳名遠近的中秋月餅完全遵照古法製造，具有相當獨特的古早風味。這裡的傳統喜餅，不論滷肉或豆沙餅用料與製作方法都十分講究，口感極佳，是街坊嫁女兒辦喜事的指定品牌。

相隔不遠的「阿有陽春麵」是一家老字號的小吃店，口味獨特的陽春麵與魚丸，深受南屯區民眾的喜愛。老街東西向南屯路的「中南米麩店」有香噴噴的米麩和爆米花，也是家喻戶曉的美食。

▲「萬和宮」媽祖文化大樓是老街最堂皇氣派的建築。

大墩老街

▲昭和時期後現代主義風潮下的建築，以風格沉穩見長。

台中市中區的錦添、錦花、大墩、中墩等里，原稱「大墩街」。早年聚落多半建於台中盆地中部的柳川、綠川兩條溪流之間的「東大墩」孤丘一帶，因此又稱爲「東大墩街」。日據初期改稱「台中街」後，由於市街改建爲棋盤狀道路，原有面貌開始出現巨大變遷。七十年代初期，大墩街區一度發展成爲台中市最重要的中心商業區，但近年來隨著新市地不斷重畫開發，已逐漸趨向沉寂沒落。

歷經百年興衰起浮的大墩老街，不論商店或街屋的建築，都足以反映出整個台中地區的時代變遷軌跡。

▼幅員遼闊的大墩老街區域，不同時期的建築使街屋面貌繁複多樣。

歷史背景

位於台中市中心地帶的大墩區，與南屯區的犁頭店、北屯區的四張犁、東區的新莊子以及南區的橋仔頭等地一樣，原先都是巴布薩平埔族「貓霧捒社」的社域荒埔。清康熙六十年（公元1721年），朱一貴之亂發生後，朝廷派遣總兵藍廷珍率軍駐守於貓霧捒社，並開始招募佃農進行拓墾。以藍廷珍家族為墾首的勢力範圍稱為「藍興莊」，後因藍廷珍在犁頭店東側（今中山公園內）築造了兩座砲墩，位於柳川和綠川之間的東邊地區，後來就被稱為「東大墩」。

▲大正後期的巴洛克式建築，以女兒牆及山頭雕塑裝飾為主。

清同治年間，由於東大墩的繁榮，當地市街重新畫分為頂街、中街與下街三個區域。頂街位於現今三民路與公園路交叉處，中街在三民路與成功路交會處，下街則在三民路、中山路與民族路之間。這三處街市中，又以中街最為熱鬧，商家店鋪林立，米穀和各種物產的交易十分熱絡。

▲日據時期興建的台中火車站，是台中舊街區與新商圈的分水嶺。

清光緒十三年（公元1887年）台灣設省後，清廷派劉銘傳出任台灣巡撫，將台灣畫分為台北、台灣、台南三府，並以台中市的台灣府為省會，成為轄理台灣的行政中心。當時除了東西南北八座大小城門外，四大門還分別興建了朝陽、聽濤、鎮平、明遠四座城樓，以及社稷、三川、先農、文武、厲壇、城隍等祭祀及文教省會設施，並且開始大舉興築城牆。

日據時期實施市街改正時，大墩街上的許多舊廟宇、古建築、古蹟、古井、古城，相繼遭到拆除或勒令搬

大墩老街位置圖

遷。不過，從明治三十八年（公元1905年）縱貫鐵路開通後，台中市區的發展逐漸向火車站的方向延伸，並且繼續往後火車站一帶擴展，大墩街一些狹窄的巷道，意外躲過被拆除的浩劫，因此迄今還能見到相當完整的原始面貌。

老街特色

大墩街主要是以小北門（即今日衛生署台中醫院前的民權路、三民路口）爲起點，由三民路二段十八巷進入，沿民族路一百二十一巷，接中山路一百七十五巷，入中正路一百六十一巷，再由中正路一百五十八巷連接成功路二百二十八巷，越過光復路向正北方斜穿過光復國小，最後由三民路二段七巷進入「東大墩街暗巷」。

▲小北門一帶的舊街中，仍有不少老舊的紅磚建築。

▼日據年間建造的台中州廳，目前爲台中市政府所在地。

大墩街最初以竹爲壁、以泥爲牆、以茅草爲頂的民宅，目前都已拆除殆盡。早期的台灣傳統合院、竹木造土堬厝及大戶人家的街屋，也都在日據大正年間的市街改正中，悉數改建爲日式木造或紅磚建造的樓房。

這些被稱爲「大正紅磚洋樓式樣」的建築，樓層大多以二樓爲主，建築特色包括屋頂上平直的女兒牆、細密的簷間線腳、拱型窗洞以及花瓶狀漏空排列的欄杆，主要建材爲紅磚，整體的感覺明亮溫暖。這種建築雖然有著巴洛克式建物的結構，卻沒有巴洛克式建築誇張繁複的雕飾。目前位於繼光路一二九號的「金振源」及市府路一〇五號的「鄭氏家屋」都是代表作品。

賞遊景點

位於鬧區中心的中山公園又稱台中公園，闢建於日據明治三十六年（公元

▲日據晚期的木板牆不耐日曬雨淋，外觀老舊。

1903年）三月，占地廣達三萬餘坪。園內有座稱爲「砲台山」的天然小土丘，古稱「大墩」，是台中市舊名「大墩」的由來。土丘上矗立的「望月亭」，則是台中市的古蹟「北門樓」，於日據年間由東大墩街移建來此。花木扶疏的台中公園，布置極爲雅致，園中池水碧綠，可供泛舟，池中還建有兩座互相連接的涼亭，四周以迴廊圍繞，遊客可在此休息或憑欄觀賞湖水。

特產美食

台中市的特產以糕餅類的點心居多。其中，蘇州口味的「采芝齋」，以精巧的各式甜點馳名遠近，蛋黃酥月餅更是供不應求。「犁記餅店」則以台灣口味的月餅風靡全省，口碑不俗。「一福堂」的鳳梨酥，外皮酥脆，內餡鬆軟。西區樂群街的「一心豆乾」，獨特的河北口味與桃園大溪豆乾完全不同。

不過，名氣最爲響亮者自然非「太陽餅」莫屬。自由路二段的四家太陽餅店，每一家都自稱爲「老店」，競爭相當激烈。長期各打名號的結果，讓台中太陽餅聲名大噪，成爲聞名中外的台中八大名產之一。

此外，光復路近興中街口的「四季春」四神湯、第二市場及中正路的「丁山肉丸」，以及成功路的「聰明擔仔麵」，都是因口味獨特而門庭若市的百年老店。

▼台中公園內的東大墩山丘是早年砲墩遺址。

▶雅致的台中公園闢建於日據明治三十六年。

梧棲舊街

▲梧棲的舊式建築以安全堅固爲考量重點，外牆立面變化較少。

位於台中縣西側的梧棲鎮，是台灣地區起起落落最頻繁的一個鄉鎮。從清代中葉草萊初闢迄今，歷經由盛而衰、振衰起蔽等多次戲劇化的轉變。由「梧棲港」擴建而成的台中港，一度將名列「台灣人口最少」的梧棲小鎮，蛻變成爲一個現代化的工商都市，但昔日稱爲「五汊大街」的梧棲路舊街卻未能同享「榮華富貴」。

興衰循環的歷練，讓梧棲鎮的面貌在蒼老中散發著百煉成鋼的堅韌特質，不屈於時代的擺弄，也讓梧棲路舊街在現代化的滾滾洪流中站穩腳步。

▼梧棲路兩旁的店鋪採長條狀街屋形式，外觀變化不大。

歷史背景

舊稱「五汊港」的梧棲港，原是緊鄰清水鎮牛罵溪出海的一個小港口。清朝道光年間，漢人到此拓墾形成聚落時，先是以墾地位居清水鰲峰山之西，將地名稱爲「鰲西」；後來又因蜿蜒曲折的牛罵溪，在這裡分成五個水汊流入台灣海峽，於是又改稱爲「五汊港」。由於港內經常擠滿接駁貨物的竹筏，五汊港還一度被稱爲「竹筏穴」。

早年，五汊港南北兩端分別有泉州人盤踞的鹿港與大安港兩個大港口，漳州籍的霧峰林家在出口貨物時，因爲屢次遭到刁難，於是乾脆自行出資，將五汊港開闢成爲商港，並且在此地設立一座「樟腦館」，專門從事樟腦生產加工。樟腦館設立後，立即吸引大量外地人口湧入，加上港口各種大宗貨物進出頻仍，很快就帶動了五汊市街的發展。

日據期間，雄心勃勃的日人決定將五汊港擴建爲工商與漁業綜合的港口，後來甚至打算闢建爲遠東地區首屈一指的大型海港，港口名稱則定爲「新高港」。可惜的是，雖然日人花費三年時間完成了三分之二的建港工程，卻因二次世界大戰爆發，戰況日趨激烈而不得不擱置下來。台灣光復初期，完成的港口設施一度成爲台灣與大陸之間的重要據點，船隻進出頻繁。直到大陸失守，兩岸斷絕往來，

▲五十年代初期的辦公廳舍，外牆色彩單調。

▲梧棲路靠近民生路段的老舊街屋屋身低矮，泥瓦屋頂與洋樓不同。

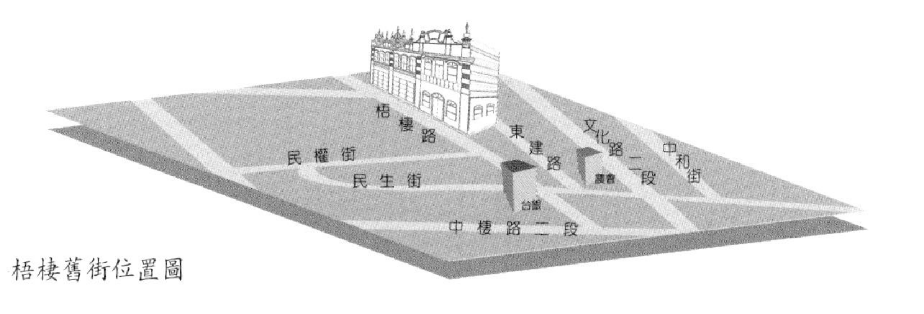

梧棲舊街位置圖

▲舊街漸趨沒落，從街屋外表的殘破便可看得出來。

「新高港」的地位才一落千丈，並因大甲溪的泥沙淤塞而盡失航運之利。

民國六十二年間，政府將台中港列入國家十大建設，十年後終於大功告成。「塡海造陸」的台中港完成後，梧棲鎭跟著鹹魚翻身，成爲台中地區工商業發達的現代化都市。

老街特色

舊稱「五汊大街」的梧棲路，發跡始自民生街、頂橫街一帶。此地早年是漁業、航運等主要經濟活動的中樞，隨著市集功能的提升，梧棲路兩旁的店鋪商家也與日俱增。由於居民大多靠海吃飯，因此民間信仰中保佑航海平安的神明被紛紛請入鎭坐，並建起了一座座堂皇的神廟供奉。前清時期，梧棲舊街上共有五座王爺廟、一座媽祖廟、一座玄天上帝廟和一座地藏王廟。除地藏王廟外，其他廟宇都與航海有關。單一的街市上擠進了五座廟宇，可以想見當時梧棲經濟活動繁忙及商貿活絡的程度。

▼洋樓以洗石和雕刻爲主的水平帶立面裝飾。

▲廢棄閒置的舊分駐所，門面依舊在，只是早已人去樓空。

不過，梧棲舊街上一些建於清朝年間的傳統建築，在日據昭和十年（公元1936年）的一場大地震中，幾乎全數震毀，除了少數僥倖逃過一劫的古厝老宅外，其餘街屋十之八九都是地震後所重建的日式二樓洋房。

比較特殊的是，這些建造時間已經超過一甲子的樓房，只有少數幾間的立面採用巴洛克式裝飾風格，絕大部分都以綠色或深褐色瓷磚平整黏貼於

▲老街海產店的屋身立面開闊，頂端緣飾以洗石層次變化爲主。

牆堵及陽台上，而且花紋圖飾極少有變化。唯一充滿濃厚巴洛克式建築風格的，是位於媽祖廟「朝元宮」旁的舊派出所。這棟建築物已經閒置多時，周遭堆滿了廢棄物，加上野草沒徑，顯得十分破落荒涼，不過從屋緣的外牆上還可以依稀見出造型誇張的巴洛克式浮雕圖案。

賞遊景點

香火鼎盛的梧棲「朝元宮」，是中部海線地區名氣響亮的媽祖廟。朝元宮草創於清朝咸豐年間，建築裝飾均獨具一格，廟中除了保存不少舊殿的石雕廊柱外，牆堵和殿內裝飾並未採用一般常見的通俗花鳥人物雕飾，而是以王羲之、左宗棠、曾國藩、沈葆禎、康有爲、梁啓超等名人的書法刻石爲主，格局不俗。

梧棲假日魚市北側的台中港濱海遊樂區，有各式各樣的休閒遊憩設施，濱海公園的觀海亭還可觀賞台中港一望無際的藍天碧海，以及貨輪漁船忙碌進出的景象。

▼梧棲觀光魚市，每逢假日人潮川流不息。

特產美食

梧棲舊街上的「林異香齋餅店」已有八十多年歷史，店中的「鹹蛋糕」馳名遠近。獨家精心調製的肉餡，配上香菇、紅蔥等佐料，鹹淡適中，令人百吃不厭。

梧棲鎮內有多家價廉物美的海鮮餐廳，菜色精緻且多樣化，不用花大錢就能吃得盡興又滿足。

▲觀光魚市以魚貨新鮮，種類繁多爲號召。

鹿港老街

▲中山路的長條街屋，採用相同面寬、水平與形制。

彰化縣鹿港鎮是清朝中葉台灣的三大聚落之一，市街型態從清朝奠基迄今，並無太大的變遷。整個鎮街中，除了一般民宅住屋外，仍舊保存著相當完整的街道、市集與廟宇三種生活圈的形式。這種台灣早期的聚落組織特色，目前在全省各地已經相當少見。

處處是古蹟的鹿港鎮充滿了純樸的人情味，終老於此的鹿港人以鹿港為榮，專程到此一遊的外地客則為鹿港的古拙之美動容。有著濃濃口音的老鹿港人對於鹿港的歷史如數家珍，他們口中的老街是舊稱「五福大街」的中山路，而位於「古蹟保留區」內的瑤林街、埔頭街則稱為「古街」，一點都含混不得。

▼鹿港中山路的老舊建築，外觀大多維持舊有面貌。

歷史背景

位處鹿港溪、濁水溪分流與洋子溪匯合之地的彰化縣鹿港鎮，舊稱「鹿仔港」。相傳早年此地盛產稻米，到處都可見到儲放米穀的倉廩。由於倉廩的台語叫做「鹿」，因此地名就稱爲「鹿仔港」。

鹿仔港早在明鄭時期就已開發，但正式設港的時間卻遲至清乾隆四十九年（公元1784年），才與福建泉州的蚶江對渡，成爲台灣第二個與大陸通商的口岸。清朝年間，鹿港是台灣對外的三大門戶之一，尤其乾隆、道光年間更是鹿港的「黃金時期」，「一府二鹿三艋舺」的說法流傳至今。

鹿港曾與府城台南、艋舺萬華兩地並稱爲「台灣三大聚落」，在台灣的開發史上更是一個最具代表性的大型聚落。然而好景不常，道光末年由於濁水溪多次氾濫成災，大量泥沙淤積在鹿港溪中，港口航道無法通航；加上台灣西部海岸地區地盤逐年隆起，使得盛極一時的鹿仔港逐漸失去河海通航之利，街衢市面的發展也停頓下來。日據以後，在政治與經濟的多重限制之下，鹿港的耀眼光環再也不復可見。

不過，素有「文化古都」之稱的鹿港鎮，一方面由於早年曾掌握著中部地區的商業契機，聚落街區龐大、居民富有，街屋建築的格局與細部施作都極爲精美；二方面則因聚落組織和生活環境十分嚴謹，加上自然條件和人文背景等因素的影響，使得鹿港鎮內早年以居民生活圈爲主的建築型態，和其他地方有相當顯著的差異。鎮上數不清的蜿蜒窄巷、一棟棟低矮的磚牆紅瓦住屋，有著「山窮水盡，柳暗花明」的情境，這個年代久遠的台灣古城，始終充滿著盎然古意。

▲老舊街屋整齊畫一的騎樓街簷，線條極爲優美。

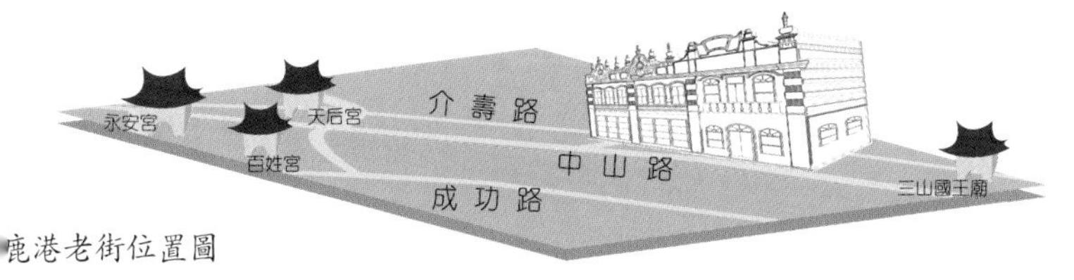

鹿港老街位置圖

▲中山路一些人去樓空的老舊店鋪，還保留著昔日的建築原貌。

老街特色

鹿港鎮的街道，自古即以聯外道路和內部道路兩大類來作爲主要的區分。其中，內部道路又可細分爲大街（如中山路）、舊街（如瑤林街）、港區巷道（如埔頭街）、獨立生活圈內道路（如摸乳巷、九曲巷）以及其他次要道路等多種層級。

中山路兩旁的街屋，都是日據大正年間市街改正時所建的仿巴洛克式建築，大多有雕塑的立體外觀及繁複的花草紋飾。目前較常見的幾乎都以洗石子和紅磚爲材料，許多高聳突出的

▲三川堂號與內屋立牆磚飾高低有序，是中西合壁的建築結構。

山牆上有緊密細緻的紋飾，尤其屋頂突出的山形牆面更是裝飾重點。

比較特殊的是，鹿港老街上有許多街屋，爲了誇耀屋主當時「富甲一方」的氣勢，山形牆面往往以勳章或奇特的花草紋飾作爲裝飾，左鄰右舍彼此在建築雕飾上互別苗頭，出奇致勝的山牆紋飾遂成爲重要的識別標誌。

▲騎樓通道雖經改建，但以保存下來的梁木構成廊頂並不多見。

賞遊景點

鹿港鎮的市街風情獨步全台。其中最富盛名者就是一級古蹟龍山寺。這座廟史三百多年的古剎，不論是建築風格或歷史淵源都是台灣名剎的佼佼者。龍山寺占地一千六百餘坪，木雕石刻琳瑯滿目，是研究寺廟建築不可錯過的經典傑作。

▲鹿港知名的摸乳巷。

香火鼎盛的天后宮媽祖廟，創建於清雍正三年（公元1725年），正殿懸有數塊清朝皇帝親賜的御匾，壁畫詩題、石雕木刻同樣精細雅緻，素有「寶島工藝寶庫」的美譽。

位於瑤林街與埔頭街的「古街保存區」，連棟式的閩南傳統建築均以木構爲主體，一磚一瓦、一樑一栱都值得細細觀賞。走進老街保存區後，昔日鹿港的古老風貌，猶如時光倒流般重現於眼前。

▼古蹟保留區內的傳統建築，屋脊馬背與層次分明的屋簷是閩南傳統建築的特色。

由市街中心的中山路緩緩前行，沿途會經過金門館、地藏王廟、興安宮、鳳山寺、威靈廟、九曲巷、摸乳巷、意樓、十宜樓、民俗文物館、泉郊會館、隘門、城隍廟、奉天宮及日茂行等景點，可以一路隨興參觀。

特產美食

鹿港及鄰近的芳苑、王功等地，是本省中部地區蚵仔的重要產地。除了一年四季不虞匱乏的新鮮蚵仔之外，以蚵仔爲主材料的蚵仔湯、蚵仔煎、蚵仔酥、蚵仔沙西米，自然也就成爲鹿港的美味小吃。尤其每年農曆四至六月及九至十一月的盛產期間，一個個肥嫩飽滿、渾圓晶瑩的蚵仔更是令人垂涎欲滴。聞名全省的「蝦猴」，其貌雖不揚，但齒頰留香的雋永滋味，也是深受行家稱道。

鹿港的糕餅是遠近馳名的茶點美食。中山路上有數家歷史悠久的糕餅鋪，各自以傳統方式製作牛舌餅、豬油糕、鳳眼糕、綠豆糕、龍睛酥等，家傳手藝自然不同凡響。

▲鹿港產製的神案供桌，聞名全台。

草屯新街

▲紅磚街屋變化不大，但立面的磚砌鏤空與巴洛克裝飾形式不同。

日據時期，由清朝「末代秀才」李昌期，在南投縣草屯鎮和平里太平路二段、和平街、中山街一帶建造的「草屯新街」，是台灣地區唯一由家族聯手建成的市街，同時也是台灣開發史上，唯一以家族力量率先推展造鎮計畫，爲城鎮發展奠定百年根基的一個成功案例。

這一百二十間建於日據時期的二樓磚造店面，在當年轟動一時，並一舉帶動了草屯鎮的街市繁榮。

▼由前清秀才李昌期與家人在日據大正年間建造的草屯新街，是台灣唯一以家族力量造鎮成功的案例。

歷史背景

位於南投縣西北隅的草屯鎮，舊稱「草鞋墩」，這個地名的由來有兩種不同說法。一是現今位居南投縣交通樞紐的草屯鎮，昔日爲平原進入山地的要衝，往來鹿港與埔里之間的行商客旅多半在此歇息並換穿新草鞋，舊鞋丟棄成墩而得名。二是清乾隆五十一年（公元1786年），台中大里杙富豪林爽文率眾作亂，朝廷派遣大隊官兵追剿。當時官兵腳穿草鞋，走到此地集體更換新鞋時，舊鞋就地丟棄。由於官兵人數眾多，棄置的舊鞋堆積成墩，儼然有如一座小山丘，地名從此被稱爲「草鞋墩」。

不過，草屯鎮最早開發的地方並非地名源頭的「草鞋墩」，而是在鎮區西郊的「北投堡」一帶。這裡原是洪雅平埔族阿里坤支族「北投社」的聚居之地，由於濱臨著烏溪支流貓羅溪，擁有得天獨厚的水運之利，從清初雍正年間，就開始吸引大批漳州移民前來拓墾，迅速發展成爲人煙密集的聚落。

目前被稱爲「舊街」的北投堡，早年是個萬商雲集，市面繁榮無比的市街。當時本地居民經常自誇爲「一府二鹿三艋舺四北投」，熱鬧的盛況，

▲紅磚街屋中，以磚砌和洗石子交互運用的造型十分別致。

只要從鹿港許多知名商店，幾乎都在此設有分號一事，就可想見一斑了。

然而，風光歲月超過一百五十餘年的「北投堡」市街聚落，卻在清光緒二十一年（公元1895年），因日人在當地遭到頑強抵抗死傷慘重，惱羞成怒之下放火給燒毀了。輝煌一時的北投堡從此化爲灰燼，成爲歷史陳跡。

▲草屯市街在日據昭和年間興建的部分街屋。

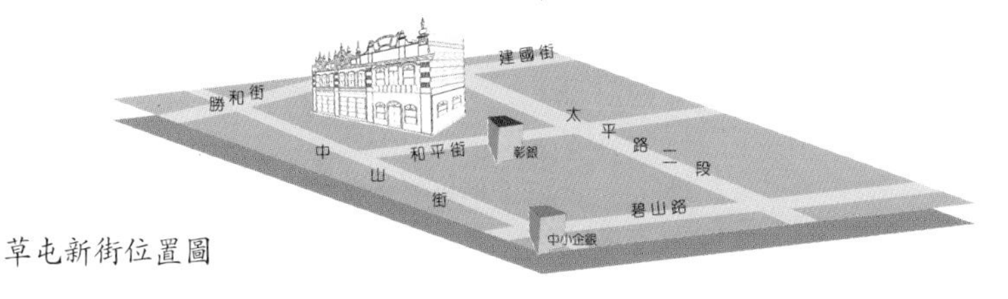

草屯新街位置圖

日據期間，日人在平原進入山區必經的「草鞋墩」鋪設輕便鐵路，開始致力發展糖業。隨著製糖工業的蓬勃發展，以及外地人口的大量湧入，新興的「草屯街」也取代了北投堡，成爲地方上工商、經濟、教育、行政的中樞。

▲同爲紅磚建築，但右邊街屋整修時以洗石子方式重新處理牆柱屋身。

老街特色

由「下庄李」——前清秀才李昌期與家人聯手建造的「草屯新街」，在大正十五年（公元1926年）大功告成。這條路面寬度十二公尺的整齊街道，不但擁有完善的排水設施，而且每一間樓房的造型與立面牌樓裝飾，都盡量做到至善至美的境界，尤其街道兩旁轉角的「三角窗」店面，變化繁複的簷口以及匠心獨運的滾邊圓拱，更洋溢著典雅氣派的巴洛克風味。

▲位於三角窗店面的山牆簷口變化繁複，匠心獨運的滾邊圓拱，充滿了巴洛克風味。

最值得一提的是，當年李昌期爲了促進街市繁榮，將這一百二十戶店面以極低的租金，全部出租給外地人營業謀生。在李昌期空前大手筆的「結市」號召下，草屯新街及鄰近市街地區，不久即相繼設置了鎮公所、火車站、郵局、菸酒配銷所、公有市場、香蕉檢驗所、草屯戲院、草屯俱樂部、草鞋墩信用組合等機關團體及工商行號，並且迅速發展成整個草屯市街的心臟地帶。

被稱爲「草屯新街」的和平街老舊街屋，原本以兩相對望的形式，佇立於街道兩旁，但民國八十八年九二一大地震時，僅有右側部分完好如初，左側及中山路公路局車站的不少建築物，倒塌受損嚴重，目前均已重新改建。迫於天災而必須部分重建的老街建築，以新舊並立的面貌重新站了起來，予人一種古今時空交錯的不同感受。

賞遊景點

草屯鎮是台灣觀光大縣南投的交通樞紐，擁有九九峰和烏溪交織而成的天然勝景，不僅田園風光秀麗，還有多

▲九二一地震時倒塌，後來重建的新街屋面貌。

采多姿的人文建築特色。不論是探訪廟宇古蹟或觀賞老樹，都是個適合深度旅遊的好去處。

位於北投堡新庄里的登瀛書院，創建於清道光二十七年（公元1847年），早年曾經培育出不少秀才，因而享有「秀才窟」的美譽。碧豐里的龍德廟，以主祀保生大帝而聞名。廟中造型典雅的泥塑龍柱、作工不俗的大老爺神像以及南投早期名畫家吳賜的壁畫，是這座名列三級古蹟，規模不大的老廟足以傲世之處。

草屯是台灣少數以宗族自行開墾而成的地方，由血緣關係結合的同姓聚落比比皆是，街頭巷尾處處可見各姓祠堂，是草屯的地方特色之一。其中又以當地第二大姓洪氏保存下來的祠堂最多，例如加老里的墩倫堂、新豐里的墩成堂、新庄里的墩煌堂等，不下六、七家。此外，李姓、林姓、簡姓、莊姓、曾姓等也都各有各的家廟，對有志研究台灣地區宗親譜系的人來說，草屯是個值得造訪深究的大寶窟。

▲草屯姓氏祠堂眾多，是研究宗親譜系者最好的去處。

▲近年來迅速邁向現代化都市的草屯街區。

特產美食

草屯的氣候和環境，相當適合農作物的栽培，農產品以稻米、菸葉和檳榔居多。其中，菸葉的種植面積占全縣六成以上，公賣局台中菸廠每年所需的原料，有一半以上都由此地供應。

草屯新街由於位在市街鬧區，各地小吃一應俱全，尤其鎮內寺廟林立，廟口市井小吃更是不可勝數。喜愛山產野味的人，在中埔公路南埔一帶應不難找到適合的口味。

西螺老街

▲店鋪立面的女兒牆以洗石子爲主，突顯出山頭浮雕裝飾的華麗。

西螺是雲林縣境內開發較早的一個鄉鎮，不過早年農村聚落的市街型態，已隨著時空環境的變遷消失了。目前所呈現的街道風貌大多是日據時期所奠定下來的基礎。現今的大同路最初稱爲「大通」，延平路叫做「二通」，中山路則爲「三通」。這三條街道，是清末民初以來西螺鎮內最繁華熱鬧的地區。

其中，「二通」延平路又稱爲「西螺街」，是當年日人「市街改正計畫」工作的重心，也是現今西螺老街的精華所在。

◀鐘樓是延平路老街最顯著的地標，也是西螺人心目中最具代表性的老式建築。

歷史背景

西螺是濁水溪下游南岸的一個小鄉鎭。根據《台灣開發史》、《台灣地名沿革》等書的記載，明朝天啓四年（公元1624年），荷蘭人占領台灣南部後，曾以濁水溪兩岸最早的居民平埔族「巴布薩」人的土音，將此地稱爲「SOREAN」。前來拓墾的漢人，取其音而以漢字拼爲「西螺堡」。

西螺的開發，雖然始自清朝雍正元年（公元1723年），不過卻遲至乾隆五十三年（公元1788年），才由知縣周鐘瑄捐銀資助，將西螺堡築成略有規模的聚落村庄。當時西螺堡分爲東螺與西螺兩庄，東螺庄在今彰化縣北斗及田中一帶，西螺庄在濁水溪南岸，也就是目前西螺鎭的轄境。

西螺是距離濁水溪畔最近的聚落，在西螺大橋尚未興建之前，這裡不僅是彰化與雲林兩地居民往來的渡口，同時也是中南部地區橫渡濁水溪的重要水陸轉運站。隨著人潮大量聚集，迅速發展成爲農產品及南北雜貨交易繁忙的市集。

▲水平帶施設的小陽台，護欄稜線優美別致。

▲老街店鋪的立面女兒牆與山頭，大量使用當年流行的裝飾風格。

日據昭和九年（公元1934年），日人爲了整頓西螺街區的市容觀瞻，打算實施「市街改正計畫」，規畫藍圖才剛剛定案，準備頒布施行之際，一場突如其來的中部大地震，卻將鎭內許多老舊的住宅房舍震得東倒西斜，到處斷垣殘壁，滿目瘡痍。

這場大地震讓西螺鎭遭受到前所未有的重創，但是「塞翁失馬，焉知非福」，鎭內最繁榮興盛的三條老街，卻是利用災後亟需重建的時候，大舉加速改建完成的。

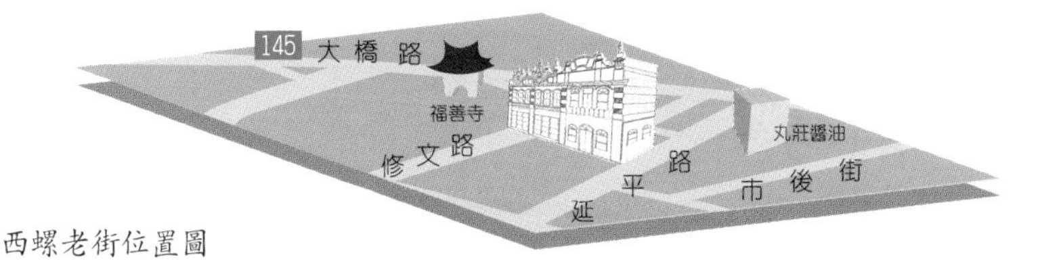

西螺老街位置圖

▲農田水利會的辦公廳舍，可以見出當年建構時的用心。

老街特色

日據年間重建的西螺街延平路，街道兩旁的西式二樓商家店鋪，大量使用當年極爲流行的「裝飾派風格」建築手法，同時又揉合了一部分中國傳統的裝飾技巧，呈現出一種兼具時代感及地方情趣的獨特建築風格。

這段由加強磚和鋼筋混凝土建造而成的市街店屋，是國內建築界人士眼中「台灣地區三十年代街道建築」的代表作，主要原因在於它的建築風格正好介於古典與現代兩者之間的過渡時期，立面的裝飾較大正年間的磚造店屋「內斂」許多，而且每一間店鋪大多僅在土牆和山頭的部分施以裝飾，外觀的「秀面」全部都以洗石或

▲立面山頭揉合中西建築與傳統裝飾技巧，風格獨特。

瓷磚爲材料，形成當時台灣地區街道建築中較爲少見的深沉低調景觀。

延平路老街建築，綿延不斷的相同水平高度、面寬，以及共同尺寸的簡單木頭樑緣騎樓，爲了呈現出同中求異的面貌，彼此均藉著立面裝飾的變化，來突顯出各個店屋的獨特意象。

▲歇業多時的沙河戲院是西螺鎮早年的商業建築。

此外，西螺鎮內有許多獨棟的建築物，幾乎都有與眾不同的別致風格，像已經停業廢棄的沙河戲院及西螺戲院，頂端上的弧形山頭象徵著早年商業建築的手法與意境；農田水利會辦公廳舍的圓弧形立面量塊造型、一樓門楣上方的巨大星星、二樓圓拱型門楣上的誇張浮雕圖像；以及中山路基督教會仿哥德式的尖拱教堂等，在在呈現出一種整體聚落的疏朗感覺。

賞遊景點

提到西螺，許多人想到的就是昔日曾經享有「遠東第一大橋」美譽的西螺大橋。這座橫跨於濁水溪上的鋼樑鐵

橋，全長一三三九公尺，橋寬七點三二公尺，不但造型別致，興建時間更跨越日據與台灣光復兩個不同朝代，至民國四十二年一月才竣工通車。西螺大橋如今雖已功成身退，不再肩負南北運輸孔道的功能，卻是雲林縣轄內最重要的一個地標。

西螺鎮由於開發的時間相當早，鎮內值得一遊的古蹟頗多。興農西路與文昌路口的振文書院，創建於清嘉慶十七年（公元1812年），是雲林縣境內碩果僅存的老書院，目前已列入三級古蹟；延平路老街與大同路口民宅旁的一座「泰山石敢當」，爲清光緒年間的文物，高五尺餘，頂端刻有一個口啣寶劍的獅頭，刻工細膩精緻，規模冠居全台，饒富歷史價值。

位於郊區福田里的「崇遠堂」，是西螺地區枝葉繁盛的張廖氏族人宗祠，也是台灣現存規模最大的祠堂。廣興國小前田野中的「阿善師墓園」則是讓西螺武風聞名全省的傳奇人物阿善師的墳塋，這位曾經是台灣俠義

▲又稱「二通」的延平路，是西螺鎮早年最熱鬧的三條街道之一。

▲雲林縣碩果僅存的「振文書院」。

精神代表的先輩，開創了「西螺七崁」的村落聯防制度。

特產美食

拜濁水溪水源豐沛之賜，西螺土地肥沃，物產富饒。這裡盛產的優質米以「西螺米」之名享譽全省；溪水中所含的豐富石灰質，更使得當地的豆皮產量高居全台之冠。膾炙人口的大溪名產「豆乾」，一半以上的貨源都來自於西螺。

此外，西螺蔬菜的種植面積也相當可觀，種類與產量在全省均數一數二；醬油則是當地最負盛名的特產，「瑞春」、「丸莊」、「大同」等幾家工廠，在各地均設有展售門市，質醇味美，甚受消費者的歡迎。

▼曾經享有「遠東第一長橋」美譽的西螺大橋。

斗六門大街

▲每間街屋立面的山牆、窗前花台和亭柱的紋飾都極盡繁複。

舊稱「斗六門大街」的斗六市太平路，是昔日漢人貨物從嘉義進入竹山、集集等山區的必經之地，古今以來都是貴爲雲林縣軍事與行政中樞的斗六市最重要的一條街道。

太平路老街，範圍從新近改建完成的圓環地標，到郵局旁舊稱「觀音亭」的永福寺，全長在六百公尺左右。目前所呈現的街屋面貌，大多是日據時期住商混合的傳統型態，其中有近九十棟的二樓洋房興建於明治末年或大正初期，迄今已有八、九十年以上的歷史。

這兩排巴洛克式的老洋房，是雲林縣境內現存的幾條老街中，年代最久、保存也最爲完整的街區。

斗六市太平路老街，以立面山牆巴洛克式裝飾繁複多變，且相互毗連而著稱。

歷史背景

雲林縣政府所在地的斗六市，原是平埔洪雅族「柴裡社」的社址。相傳洪雅族人捕獲山鹿時，都會發出「ㄌㄨ ㄌㄨ ㄇㄣ」的歡呼聲慶賀。到此開墾的漢人，以閩南語發音將其轉譯成「斗六門」，地名即由此而來。

早年，斗六門是諸羅城（嘉義）通往林圮埔（竹山）的交通要道，也是山地丘陵和平地的交界，更是漢人與原住民居住地區的疆界。由於濁水與清水兩條溪流經常氾濫成災，交通至爲不便，因此直到清乾隆初年，始有泉州人楊仲熹招募佃農到斗六門拓墾，爲聚落市街奠下根基，也逐漸發展成爲漢番商業貿易的一個中心點。

根據倪贊元於清光緒二十年（公元1894年）所撰寫的《雲林縣采訪冊》，以及日人富田芳郎在大正年間所寫的《台灣鄉鎮之地理學研究》等書可知，不論清代的「斗六門大街」或日據的「斗六街」、「斗六郡大街」，都指出早年斗六地區的商業機能，始終分布於太平路上。

▲紅磚拱廊屋身，上面飾以象徵「五福臨門」的蝙蝠。

▲不同年代的街屋建築，從外觀形式便可分辨出來。

早年當地曾經流行一句俗諺：「街頭媽祖間，街尾觀音亭」。所謂「街頭媽祖間」，指的是太平路起點圓環附近的媽祖廟「受天宮」。相傳受天宮創建於明朝天啓四年（公元1624年），但日據時期受到皇民化運動的波及，整座廟宇被摧毀殆盡，直到民國六十二年，地方人士才又在成功路覓地重建。而「街尾觀音亭」指的則是目前毗鄰著斗六郵局的永福寺。永福寺創建於清乾隆年間，供奉觀世音菩薩。

斗六門大街位置圖

◀以圓拱形假山牆爲裝飾造型，紋飾內有家族姓氏字樣。

▲山牆上的時鐘，以生動別致的人物造型爲題材。

老街特色

太平老街的巴洛克式建築，主要採紅磚、洗石子交互使用的建構方式，因此頂層的山牆和窗前的花台，以及四周亭柱都有較繁複的紋飾。這種從歐洲地區引進的特殊建築風格，在太平老街發揮得淋漓盡致。

以最能引人注意的女兒牆爲例，太平路老街的女兒牆幾乎都是以磚造或泥作線腳，與下方屋身有明顯的分隔；而且近百棟老屋中，僅有少數使用簡易的平頂形式，絕大多數都刻意做成各種華麗的裝飾造型，包括三角形假山牆、圓拱形假山牆、破山牆、書卷、鏤空欄杆等。

至於紋飾方面，太平路老街大多以泥塑雕飾、彩瓷拼貼或者剪貼的方式來施作，主要的題材包括人物、花草、太極、獅龍鳳禽等吉祥物，以及家族姓氏、對聯和英文字母等圖案。

早年，太平路老街裝飾華麗的街屋立面，十有八九均被五花八門的廣告招牌所掩蓋，喧賓奪主的程度讓人扼腕。最近在雲林科技大學空間設計系教授群的協助下，當地居民以規畫完善的「斗六市太平路老街創造城鄉新風貌計畫案」，向行政院文建會爭取經費補助，除了將所有商店騎樓打通、統一懸掛商店招牌外，並且將斑駁殘破的女兒牆裝飾復原翻新，以

▲街頭的圓環拆除後改建爲七彩噴水池，夜間表演水舞。

「耳目一新」的方式再度賦予老街新生命。

經過重新打造的太平路老街，脫胎換骨之後，昔日暮氣沉沉的蒼老容顏已全然改觀，成爲「老街新生」的一個成功案例。

▲街尾永福寺早年俗稱爲「觀音亭」。

賞遊景點

斗六市的名勝古蹟中，以湖山里的湖山岩大佛寺最負盛名。新建的高大彌勒佛塑像，從任何方位都可以大老遠就瞧見金碧輝煌的燦爛笑顏，寺內的佛教雕塑公園更廣達十餘公頃，園內闢有千佛雕塑區及佛教文化館。暮鼓晨鐘，梵音繚繞，是遠離塵囂、忘卻煩憂的最好去處。

中山路底的「吳秀才古厝」，建於清光緒十五年（公元1889年），採燕尾式古樓造型，是一棟古色古香，充滿閩南建築特色的老建築。此外，永樂街的善修宮孔子廟、石榴班文明路的何氏家廟、虎溪里的張氏家廟、長安里的林氏家廟等，也都是年代久遠，值得細細參觀的地方。

特產美食

近年來異軍突起、聲名大噪的「斗六文旦」，以肉質鮮嫩、汁多味甜廣受歡迎，其中尤以產於鎮北里牛挑灣的文旦柚，聲勢更是急起直追，頗有凌駕於麻豆文旦的雄心。每年農曆七月底白露後十天的採收期間，遠從各地慕名而來的採購客人，一箱箱搶「鮮」爭購的熱情，讓人大開眼界。

斗六最有名的餐飲美食，集中於雲林溪臨時市場內，各色各樣的小吃吸引了川流不息的人潮，入夜未歇，因此又有「斗六不夜市」之稱。

此外，「西市」愛國街的斗六肉圓、媽祖廟對面的「魷魚嘴大王」、榮譽路的「阿添鵝肉」，以及附近「二吉軒」的燒餅油條點心，都是讓老饕豎指稱讚的當地美味。

▶斗六「湖山岩」，環境清靜幽雅，是雲林縣境內知名的佛教聖地。

宮口老街

▲中山路老街的建築，立面以洗石子爲主。

雲林縣北港鎮中山路舊稱「宮口街」，是清代年間笨港地區東西南北八條街道中，首屈一指的重要市集，迄今已有三百餘年歷史。

中山路是進出北港朝天宮媽祖廟的要道，每年往來於朝天宮朝聖的信徒常將這條老街擠得水洩不通，帶來的商機讓這條廟口街道成了商家必爭之地。想要趕熱鬧的人可以趁農曆春節至三、四月的進香旺季來此一遊，人手一香、萬頭鑽動的景象可以看出台灣民間信仰的熱誠。想在老街款步悠遊者，建議避開盛香期間，到處走走逛逛，體會老街獨特的魅力與美食，然後在朝天宮美麗的建築中尋訪神話與傳說。

▼北港鎮中山路老街以二層樓房的建築居多。

歷史背景

北港舊稱「笨港」，早年是台灣西南沿海的一大港埠要津，開發時間甚早。明朝天啓元年（公元1621年）顏思齊與鄭芝龍等人首先率領墾民，從笨港登陸台灣，而後歷經荷蘭、明鄭、清朝的先後統治，鹿港逐漸由荒陬形成聚落，由聚落集結爲市街。到了乾隆年間，由於市街幅員過大，管理不易，不得不將笨港分爲南北兩街，街衢之內共有八百餘家店鋪。除了由廈門、泉州和龍江三郊總領對外的大陸貿易之外，再分別由油、米、糖、布、簳、水等各種行業組成街郊，負責內陸各地的運輸行銷。

早年，朝天宮媽祖廟前的宮口街，兩旁店鋪大多屬於傳統中國式的木造二樓建築，街道長度在一公里左右，不過路面寬度卻僅有七公尺。如此狹窄的街面，平日就時常人滿爲患，碰上媽祖廟的慶典活動，在陣頭、信徒爭相蜂擁而至時，更是舉步維艱，寸步難行。

每逢廟會必然「街市大亂」的現象，讓日據時期的日人大爲不滿。當時，正値朝天宮擴建廟宇之際，依照規定必須先向當局提出募款申請，於是日人「將計就計」，決定以配合朝天宮擴建爲由，在宮口街實施「市區改正」，按照日人的如意算盤是打算悉數拆除街道兩旁的中國傳統木造建築，將原先七公尺的路面拓寬爲二十一公尺。

主持朝天宮擴建工程的北港前清秀才蔡然標及地方紳商蔡川、王雙等人，洞悉日人的本意後，出面呼籲地方民眾踴躍捐輸，以民間共同財力完成朝天宮的擴建，以抗拒宮口街的市區改正。

▲老街上唯一的三層樓建築，外觀已重新整修，線條較簡化。

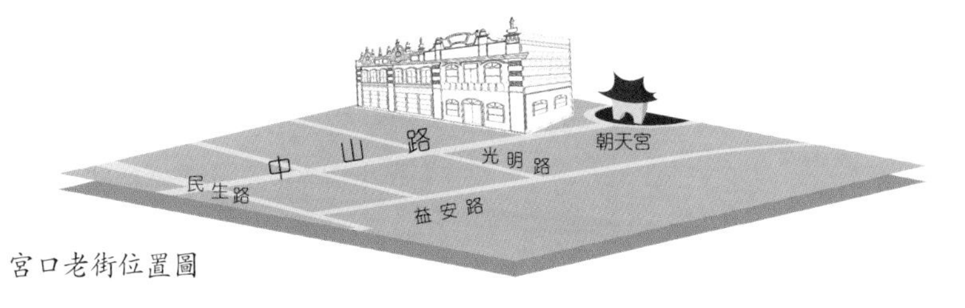

宮口老街位置圖

▲日據年間北港炮火總經銷的高家雜貨商行。

儘管日人不斷施壓，當時出任北港街長的蘇順藜，仍以「緩兵之計」和日人周旋到底。直到昭和十一年（公元1936年）「北港建築組合」才組織成功，開始籌措市區改正資金。宮口街改建計畫，在地方士紳的堅持下，前後延宕有三十年之久。

老街特色

北港宮口街的巴洛克式街貌目前大部分都遮掩在店面的招牌看板下。雖然如此，仍有數棟造型別致的老厝建築，讓來往的行人忍不住駐足觀看。

其中包括早年曾經享有台灣中南部第一高樓美譽的「和春燕子樓」，這棟舊稱「和春五層樓」的建築，係由北港首富王雙之子王吟之所興建。王吟之經營「和春織布廠」有成，斥資興建這棟「高人一等」的大樓後，北港人多半以「和春五層樓」稱之。由於五樓屋簷經常有燕子築巢，常見群燕飛舞，因此也稱爲「燕子樓」。光復後，名震一時的燕子樓搖身一變爲王家世代經營的「永樂旅社」。

在宮口老街許多兩層樓房的建築中，「振興行」特別顯眼。由殷商高條呈一人斥資興建的六間店面，早年分別經營碾米工廠、花生脫殼廠、糧食販售及牛車製造等數種不同的行業。這六間毗連的老厝，門面十分現代化，彼此以女兒牆的線腳轉折，來表現出與眾不同的特殊造型，並且以洗石子作爲勾縫，尤其中央山牆的浮雕更充滿著當年流行的典雅風格。

▼振興戲院立面以現代主義形式爲主軸，中央山牆堆塑營業項目。

▲位於朝天宮左側的「番仔樓」，目前原貌維持良好。

賞遊景點

北港鎮內最負盛名的宗教古蹟當然非朝天宮莫屬。這座媽祖廟的分靈香火遍及海內外，堪稱是台灣媽祖廟的代表，終年香煙裊繞不絕。這座集我國閩南傳統建築及民間木石雕刻精華之大成的藝術殿堂，木雕、石雕和剪黏俱見巧思，構圖簡樸者有悠長的意韻，精緻繁複者則不失典雅，都是上上之作。

此外，廟後文化大樓頂端的「空中景觀花園」，更是國內少見的創舉。這座仿照大陸頤和園結構而建造的景觀花園，巨大的媽祖立像已成為醒目地標，園內迂迴曲折的長廊、涼亭、假山、樓台、亭榭，全部採用中國古老的木工施作，處處充滿著古色古香的氣息。

美食特產

北港早年是中南部的花生集散地，以聞名全省的北港花生油炒過的鹽酥蠶豆，遠遠便散發著一股誘人的香味。此外，麻油、蒜頭、帶殼花生及番薯片，都是遊客到此一遊不可不買的戰利品。

▲每年農曆三月媽祖出巡繞境時，盛大的陣頭藝閣與人潮，將街道擠得水洩不通。

以往為方便進香遊客長途跋涉時用來充饑裹腹的「醱餅」，平淡的口味現在已面臨嚴苛的挑戰，銷路大為衰退。不過，不斷改良的傳統糕餅卻出現多種令人驚喜的口味，除了著名的北港大餅外，還有滷肉、咖哩、香菇、鳳梨、豆沙、伍仁等各種內餡，同時發展出當地特有的狀元餅，由於風味特殊且價格低廉，許多外地人甚至大老遠專程來此訂購。

此外，朝天宮周圍和廟前的中山路上還有許多行家「吃好相報」的道地小吃，喜歡廟口小吃的朋友，保證會大呼過癮。鴨肉飯、紅燒青蛙湯、生炒鱔魚，以及用肉皮為主材料做成的假魚肚羹，都是老行家欽點的正宗美食，錯過可惜。

◀建築與裝飾藝術同樣廣受推崇的朝天宮。

奮起湖老街

▲奮起湖早年以木板搭建的房屋，最近紛紛改為鐵皮屋。

嘉義縣竹崎鄉中和村的奮起湖，是阿里山森林鐵路的中途站，也是附近村落的交通與經濟中心。位於火車站旁的奮起湖老街，以兩排十多間緊密相連的店鋪形成街屋，猶如早年鹿港的「不見天街」，堪稱是台灣地區最狹窄也最短的一條老舊街道。

早年隨著山坡地形所興建的低矮住屋，錯落散置於街道四周，忽高忽低的石階步道成為往來通行的憑藉，地形與風貌都足以和北台灣的黃金之都——九份相媲美。大街小巷的任何一個角落都美得令人怦然心動，雲淡風清的夏日或陰雨綿綿的秋冬時節，景觀變化各有不同，脫俗美景絕對會讓遊客戀戀不捨。

▼奮起湖海拔高約一千五百公尺，秋冬時節經常雲霧籠罩，整個山村呈現一片朦朧之美。

▲奮起湖的房屋，牆面大多以長條木板搭建而成。

歷史背景

奮起湖舊稱「糞箕湖」或「畚箕湖」。這裡三面環山，中間低平，形似早年農家用來運搬稻穀或番薯籤等物品的糞箕（畚箕），因此而得名。後來以名稱不雅，才改稱爲奮起湖。

奮起湖的發跡與阿里山森林鐵路的開發息息相關。日據時期，日人覬覦阿里山豐富的森林資源，尤其是數量龐大的紅檜，急欲開採，於是從明治三十七年（公元1904年）起，就派人深入山區進行探勘與規畫鐵路建設的工作。

當歷時六年的探勘工作完成後，日人立即動工興建，全部工程於大正元年（公元1912年）告竣，全長六六點六公里，主要是作爲運送木材下山的產業道路。後來，隨著林務開發工作的需要，又陸續增設一些銜接支線，鐵道長度增爲七一點四公里。

阿里山森林鐵路由嘉義市出發，進入竹崎鄉後開始沿途爬坡，到了松腳的獨立山，需環繞三圈，爬升八百多公尺才能繼續前行，此處的鐵軌採「之」字型設計，是世界獨一無二的一大奇觀。火車的車頭一下子在前面，一下子又在車尾，交叉推動火車緩緩向上爬升，這也就是所謂的「阿里山碰壁」這句俚語的由來。

阿里山森林鐵路沿途風光雖然幽

▼奮起湖聚落的房屋依著起伏丘陵興建，巷道通路多半築成石階。

奮起湖老街位置圖

▲沉寂多年的奮起湖市街，在政府實施周休二日後，又見人潮湧現。

美，不過搭乘火車上山曠時價貴，因此在阿里山公路闢建後，乘坐火車的旅客越來越少，目前僅有一班次往返。班次大幅減少後，連帶也使得原本是阿里山進出門戶及山地貨物集散要地的奮起湖，在人潮稀少下逐漸蕭條沒落。

這種欲振乏力的困境在周休二日正式實施，國內旅遊風氣大盛後，終於得以紓解。位居阿里山公路中途站的奮起湖，再度成為眾人尋幽訪勝的目標，看來奮起湖的春天不但來臨了，而且前景鐵定越來越樂觀。

▲早年興建的奮起湖車站，目前已停用，僅供遊客參觀。

老街特色

當地人口中所說的「奮起湖老街」，其實只是一排依偎於火車站柵欄旁的低矮店鋪，外表看來與一般市街的騎樓通道並無兩樣。通道兩旁的商店，以販賣各地名產、小吃或紀念品爲主，眞正具有當地風味及特色的物產反而並不多見。

不過，穿過這條已有六十餘年歷史的狹窄老街，從錯落的石階或緩坡進入奮起湖街肆之後，曾經到過九份的遊客必然會有「似曾相識」的熟悉感覺。不錯，奮起湖與九份有許多相似

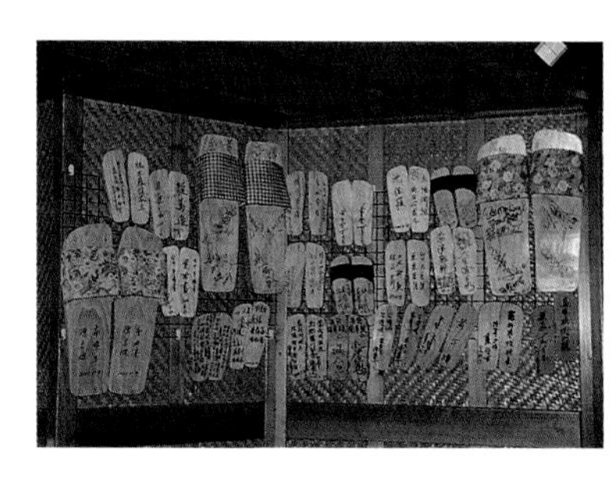

▲阿里山木材製成的木屐，早年享有盛名，店家也以此招徠顧客。

的「景觀」，其中最顯著的相同點便是高低起伏的地形。由於地形的關係，奮起湖同樣也以一級又一級的石階串連起整個聚落的街弄巷道。這些長短不一的石階，有的蜿蜒通往街衢的商家店鋪，有的則成爲街坊鄰舍互通往來的巷道，有的甚至被後來興建的房屋攔腰橫隔，成爲「此路不通」的死巷。

▲神木與登山小火車，是國人對阿里山最熟悉的印象；可惜神木已毀於雷殛。

奮起湖的聚落房屋大多就地取材，先以一株株筆直巨大的木幹充當屋宇樑柱，再以一片片木板搭建屋面及屋頂，成了名副其實的「木屋」。只不過，木板屋不耐風雨的缺點，在經過一甲子的風吹雨淋後完全顯露無遺，觸目所及的每間木屋幾乎都是陳跡斑斑，老舊不堪。爲了能夠安然地遮風擋雨，屋頂幾乎全部已汰換爲鐵皮浪板，看來的確有些突兀。

賞遊景點

奮起湖是阿里山森林火車的中途站，也是附近石卓、樂野、達邦、太和、科子林、光華等村落的交通與經濟中心。尤其自阿里山公路開通後，地方人士籌組的「奮起湖風景區開發委員會」，歷經多年積極規畫整建後，除了已完成全境人行步道外，也開發建設完成十餘處可供遊客休憩賞玩的風景據點。這十多處的景點並歸納爲三條路線，遊客可視時間自行安排行程。第一條路線從車站經四方竹、欲仙坪到鴛鴦洞；第二條路線從車站啓程登大凍山觀日出，順道遊覽七星石、石獅象、靈木古蹟、連理(比翼)樹、樹石盟等景點；第三條路線登霹靂山十八羅漢洞，回程時順道遊覽義母樹及望霞路。

特產美食

嘉義縣山區的茶園，每年均爲辛勤的茶農帶來可觀的收益。這些茶區分散於梅山、竹崎、番路、阿里山等幾個鄉鎮，從番路至阿里山的公路上，沿途連綿的山坡地上可以看到一望無際的翠綠茶園以及一間間忙碌的製茶廠。茶葉，無疑已成爲山區民眾最主要的經濟收入來源。

奮起湖火車站的便當以及老街店鋪的愛玉凍、栗仔粿、現烤糕餅甜點，都是料多味美的地方美食。在村落餐廳或路旁的小吃店也可以找到對味又實在的菜色，包括各種山產、山菜、筍乾焢肉、筍醬蒸魚及筍絲排骨等。

▼販賣特產「草仔粿」的店家，以現做方式招攬客人上門。

▲像這樣舊跡斑斑的門牆如今大多已遭拆除。

台灣第一街

台南市安平區的延平街是一條充滿濃厚古味的街道，也是台灣最早出現的市街。這條隱身於府城鬧市中的老舊窄街，原是三百多年前荷蘭人入侵時期的貿易中樞，但當時建造的街道和二樓洋房，在明末清初年間已被破壞得蕩然無存。先民後來所建的聚落街屋，從安平古堡一路蜿蜒到石門國小，路面全部以青石板鋪設而成，因此又稱「石板街」，也是唯一商鋪林立的「市仔街」。

說來教人難以相信，現今看來狹窄不堪的延平街，早年不但居住人口多達四、五萬人，連當時的市政廳、公辦所、稅捐處、法院、劇場等公家機關和場所，也全都擠到這條街道上。由於這一層緣故，有人稱此窄街為「台灣第一街」。

▼台南延平老街狹窄的街道拓寬後，街屋面貌已全然改變。

歷史背景

素有「台灣古都」之稱的台南市，原名「赤崁」，早年爲西拉雅平埔族「新港社」的社地。明朝天啓四年（公元1624年），荷蘭遠征軍入侵台江後，先是在原稱「大員」的一鯤鯓安平，建造了一座磚石城堡，最初命名爲「奧倫治城」，後又改稱爲「熱蘭遮城」，是當時對外貿易與行政的中心；明永曆七年（公元1653年），在漢人郭懷一領導的抗稅暴動事件發生後，又擇於平埔族赤崁社地，興建「普羅民遮城」。

明永曆十五年，鄭成功擊退荷蘭人收復台灣後，在普羅民遮城設置「承天府」，於城內駐蹕九個多月，並將熱蘭遮城易名爲「安平鎭城」。前者又稱「赤崁樓」，後者漢人稱爲「王城」，現今則改稱爲「安平古堡」。

▲原本立面造型美輪美奐的二層洋樓，遭拆除時殘破不堪的模樣。

▲延平路尚未拓寬前的面貌，兩旁街屋的頂簷幾乎並連在一起。

安平港是個年代悠久的天然港灣，從明末開始就是台灣與大陸之間的航路要衝，不論外洋貨輪或大陸內地渡海來台的船舶，早年都習慣以「王城」作爲航行目標。清朝中葉，安平港逐漸因浮砂淤積而不利於航行，往昔桅檣林立的興盛景象終於一去不返。一如台灣其他的早期商港，安平港也成爲台灣歷史上輝煌的一頁。

老街特色

舊稱「台灣街」的延平街，早年狹窄的街道非但汽車難以進入，連摩托車也無法在此並排或交會。街道兩側矮房的屋簷相互伸展，加上街頭巷尾林

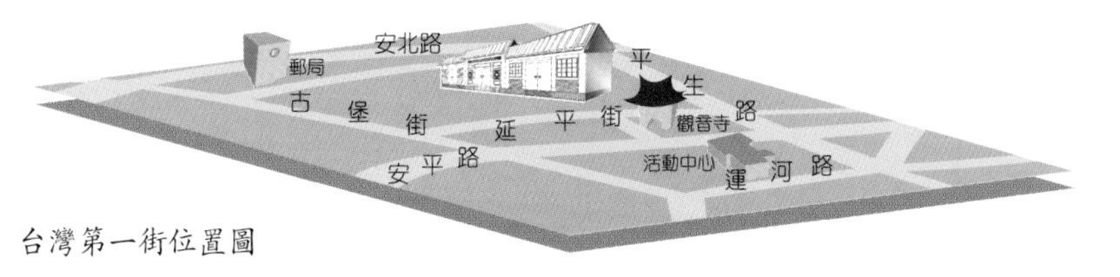

台灣第一街位置圖

◀道路拓寬時拆除的舊屋，斷壁殘垣的景象道盡老街的沒落。

▲老街上繼續營生的商店，以古樸的門面招徠懷舊的顧客。

立的電線桿又彼此勾纏，因此迎神賽會時，領軍帶頭、身材高大的七爺將軍必須低頭彎腰才能勉強通過。這種「神在屋簷下，不得不低頭」的景象，在全省各地可能都難得一見。

延平街過去是個「全面商業化」的市街，整條街道上盡是一些年代久遠的古老行業，香燭店、碾米廠、麵粉廠、中藥房、青草店、蔘藥鋪、雜貨店、蜜餞行、打鐵店、杉木行、齒模、鑲牙、製冰等店面，一家捱著一家緊密毗連。古味盎然的店鋪內透著一盞盞昏暗燈光，忙裡忙外的夥計則扯著嗓子吆喝客人上門。往昔光景舊日情，曾幾何時，熱鬧擾嚷的畫面已換上了沉寂靜默的黯然小道，而且更抵擋不住改建的洪流，不少老舊建築先後披上了新裝。不斷「汰舊換新」的結果，讓老街上的街屋成爲各類建築風格與各種建材的大雜燴。在這條全長不到七百公尺的街道上，一度夾雜著土埆厝、牡蠣牆、木板牆、紅磚瓦屋、西式二樓洋房以及鋼筋混凝土的現代住房。

面對著時代變遷，延平老街新舊雜陳的面貌也保不住了。到了七十年代，長年飽受進出不便之苦的居民極力爭取拓寬道路，力主維護古蹟的台南市政府雖以附近觀音街、國勝路已完成拓寬，交通問題獲得紓解爲由，希望爲老街的存續爭取一線生機，但

▲街廓旁的狹窄巷道是小朋友嬉戲遊玩的場所。

▲新舊並陳的街屋換上新裝後，外貌已迥然不同。

一切在以民意爲依歸的政策下，最後還是功虧一簣。

在怪手開進延平老街後，原有的純樸寧靜一夕丕變。想要找回舊日風貌，似乎只能從斷垣殘壁中推敲了。古蹟維護與時代潮流的衝突，永遠是個難以善了的兩難問題。

賞遊景點

歷史悠久的府城安平是個名勝古蹟林立的文化古都。除了與老街近在咫尺的安平古堡、台灣城殘跡、海山館、周龍殿、福德爺廟、安平小砲台之外，附近的東興洋行、德記洋行、妙壽宮、城隍廟、文殊殿、廣濟宮等，都是深具歷史典故，可看性十足的觀光據點。

特產美食

延平老街上的「永泰興蜜餞行」，是一家三代相傳的百年老店，在「各種鹹酸甜製造元」匾額高懸的店內，無數高矮排列的瓶瓶罐罐中，釀製出一

▲老街上取代低矮木造舊屋的西式二樓洋房。

顆顆色澤飽滿、光滑細嫩，令人垂涎欲滴的桃、李、梅、橄欖等各式蜜餞。老少咸宜的滋味，讓到老街懷舊的民眾幾乎人手一袋。

此外，台南小吃也因爲悠久歷史，變化出不少値得稱讚的口味與吃法。在既多又奇的各種小吃中，卻還吃得出來特有的台南「古風」，這是其他地方的小吃所望塵莫及的。耳熟能詳的擔仔麵、鱔魚意麵、鼎邊趖、棺材板、花生素粽、安平蚵仔煎都是發源自府城，在小北街、民族路、金華街、協進街等著名的小吃街都可嘗到這些道地美味。

▲推著手推車沿著老街叫賣的小販，生意今不如昔。

甕仔城街

▲兌悅門牆垣外窄內寬的甕狀結構，因風化及破壞，已無法辨識。

台南市信義街舊稱「老古石街」，昔日濱臨著台江港域分汊的新港墘港，與附近五條港並稱爲安平港的內江港灣。早年運銷糖、鹽、鹿皮、樟腦等貨物到大陸的小貨船，爲了避免空船返航時在風狂浪大的台灣海峽遇難，大都會在船艙內放置長條狀的大小石塊。抵達後，就將這些「壓艙石」棄置在岸邊，後來成爲附近居民鋪設廟埕及街道路面的主要材料，「老古石街」之名不脛而走。

由於進出老古石街必須穿越「兌悅門」，城洞外窄內寬，與市街聚落形成一個甕缸狀，因此居民多半稱當地爲「甕仔城街」。穿越這座已有百餘年歷史的城門，走進信義街老街的霎那，有一種彷彿進入時空隧道的強烈感覺。這種「今夕何夕」的感觸，正是這條老街遺世獨立的貼切寫照。

◀兌悅門是信義街居民的進出孔道，也是府城台南唯一仍在使用的城門。

歷史背景

台灣從清康熙二十二年（公元1683年）併入中國版圖，並開始設治經營後，朝廷起初以「台灣海防天險，不必建城以防外患；卻多內亂，若建城反為敵人利用，豈不如虎添翼」為由，反對興建城池。康熙四十二年(公元1703年)，諸羅縣治（今嘉義）平定劉卻之亂時，也僅以「防患未然」的消極防衛方式，利用簡陋的木柵築成城垣，建造了台灣第一座城池。

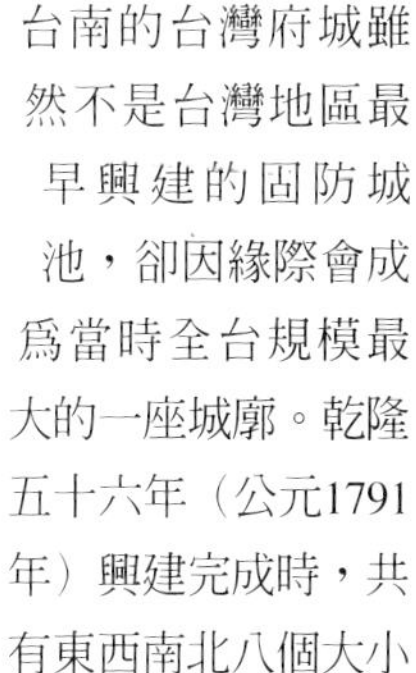

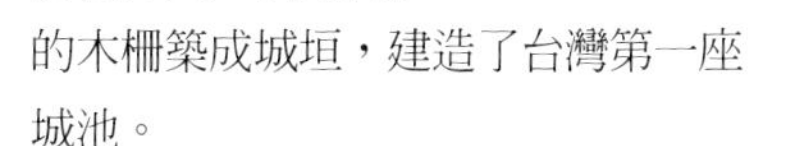

▲劍獅是台南人的守護神，常飾於住家牆上。

康熙六十年（公元1721年），朱一貴舉事反清，府治淪陷，台灣一度告急。事件平息之後，清廷原先「台灣不建城」的政策丕變，開始著手進行「築城鑿濠，用以固防」的工作。不過，早年縣治與廳治所在，如左營、嘉義、彰化、新竹等地，多半利用土牆、木柵、莿竹圍作城廓。連貴為全台行政中樞的府治台南，城池也只是以木柵環列，外緣種植莿竹及綠珊瑚，交錯布防而已。

直到乾隆五十一年（公元1786年），天地會領袖林爽文大舉反清，烽火蔓延全台；亂事平定後，清廷開始正視城池的防衛功能，紛紛採用磚、石、三合土等材料，大肆修葺各地城防。

台南的台灣府城雖然不是台灣地區最早興建的固防城池，卻因緣際會成為當時全台規模最大的一座城廓。乾隆五十六年（公元1791年）興建完成時，共有東西南北八個大小城門。由於宏偉壯觀的城垣面向台江港域，曲折有如半月形狀，府城從此擁有「半月沉江」的優異地理形勢。

道光十五年（公元1835年），台灣

▲緊密毗連的老舊住屋，每間的外觀造型、牆面結構都不相同。

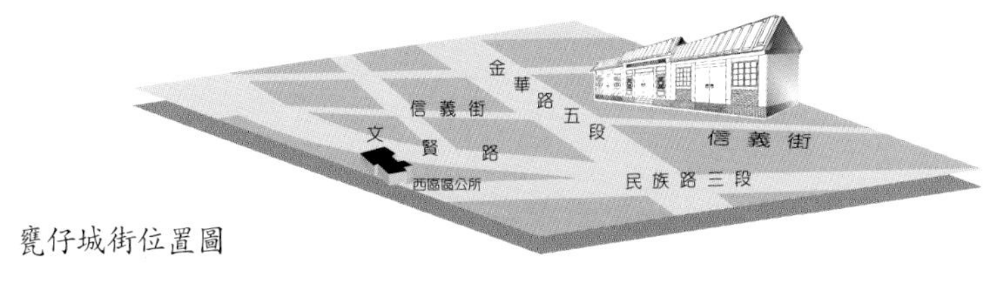

甕仔城街位置圖

▲中西合璧式的住屋，以窗前花台泥塑線腳和下方屋身區隔。

府城為了鞏固城防，又於大東門外緣及小西門與小北門的外側，同時興建外廓，增設東郭、永康、仁和、拱乾、兌悅、奠坤等六座外城的「城門座」。日據時期，府城的八座大小城門及六座外城門，相繼毀在日人之手，僅有大南門、大東門、小西門和兌悅門僥倖逃過一劫，成為見證時代與歷史滄桑的珍貴史蹟。

其中，簡稱「兌悅門」的大西門兌悅門，目前已成為台南市中區信義街居民的進出大門，也是府城至今還可穿越使用的唯一城門。這座名列二級古蹟的老城門，近年曾數度整修，面貌已漸失原有的蒼老古味。而在城垣上盤根錯節的老榕樹，年年枝葉繁茂地攀在城門上，彷彿撐著一把綠傘隨時保護著這座相互扶持、共經患難的老兄弟，形成饒富趣味的畫面。

老街特色

位於文賢路與信義街交叉口的兌悅門，當年興建時與大南門一樣，均採用甕狀的造型。不同的是，兌悅門為外窄內寬，城門的門扇在牆垣中央由外往內開；而稱為「甕城」的大南門，城門與大南門則沒有對齊，具有阻絕敵人直接攻入的固防作用。可惜的是，昔日以「硓𥑮石」珊瑚礁岩砌築而成的兌悅門牆垣，因不斷風化剝落，外窄內寬的結構已不像早年那樣明顯。

由兌悅門走進信義街後，早年以「壓艙石」鋪設而成的老古石街道，已覆蓋在厚厚的一層水泥底下。不過，兩旁狹窄低矮的老舊街屋卻仍保有原味，與鄰近街道上林立的高樓大廈，形成強烈的對比。這些緊密毗連的街屋，在外觀造型、牆面結構及建築材料上殊多差異，一眼就可看出是不同時期的建築物。街道巷弄裡的老

▲老街內罕見的二層洋樓，屬於日據昭和後期的建築形制。

▲加蓋的泥牆門柱方圓不一，外表以洗石及線條美化處理。

厝在歲月摧剝下，有些不斷加蓋鐵殼，有些則重新整建，還有一些卻任其傾頹倒塌。「甕仔城街」二百多年來的興衰起伏，從街屋形貌的變遷似乎隱然可見了。

賞遊景點

「甕仔城街」有兩座廟宇，其中位於西門路旁的「集福宮」玄天上帝廟，相傳是清乾隆年間，先民自福建渡海來台拓墾後，由一位在新港墘港碼頭幫船家卸貨挑運的黃姓苦力所建。廟宇已經過多次修建，但因兩旁毗鄰民宅，發展空間受限，因此廟貌的形制與格局都無法突破。

另一座是位於橫巷中的媽祖廟「金安宮」，也是建於老古石街商旅往來頻仍的鼎盛時期。金安宮最近才剛重建完成，金碧輝煌的壯觀廟貌格外顯目，早年古色古香的老廟丰采只能在老照片中尋找了。

甕仔城街除了大西門外廓碩果僅存的兌悅門之外，附近民族路、民權路一帶的景福祠、水仙廟、風神廟、接官亭石坊等古蹟也各具特色，可以順道參訪。

▲狹窄巷道是當地居民的進出通道。

◀走過漫長歲月的老舊房屋，可以明顯看出不同時代的痕跡。

總爺古街

▲崇安街上處處可見古舊斑駁的老式街屋。

早年曾經是前清武將官兵進出通道的崇安街，府治時期稱爲「總爺街」。權傾一時的當朝新貴王得祿，府邸就在這條街道上。當時官府在此設置文武官員下馬碑石，附近居民忌憚官威，特地在府邸前闢建兩條三角狀短巷，以便掩臉迂迴路過。

如今時過境遷，昔日顯赫不可一世的爵府已被後裔變賣一空，總爺街的貴氣也化爲過眼雲煙，只剩下一棟棟斑駁殘破的老舊街屋，猶如白頭宮女呢喃地向世人訴說著陳年往事。

▲老街碩果僅存的住屋木構步口棟架。

◀總爺古街的石階陋巷，階寬僅能旋身，迄今已有百年歷史。

歷史背景

台南市北區崇安街舊稱「過坑仔街」。明鄭時期，下竹園岡溪在蜿蜒流入燕潭後，會再由分汊河道流經當時已形成街肆的禾寮港過坑仔一帶。

過坑仔街的確切位置與街貌，目前已無資料可考。清朝康熙年間，台灣知府蔣毓英所編纂的《台灣府志》，雖曾出現「禾寮港街過坑仔街在鎮北坊」、「台灣總鎮衙門在鎮北坊」兩段文字記載，但正確地點仍語焉不詳。康熙五十九年（公元1720年），貢生陳文達纂修的《台灣縣志》上，始有較明確的文字指出「總爺街在鎮北坊，府志載過的過坑仔街是也」。

乾隆年間，總爺街為總兵鎮署武官人台灣道署的必經之道，簡單來說就是清朝武官進出的道路。當時街道兩旁官宅林立，所見都是達官顯貴及富甲一方者。這些氣派不凡的宅邸，還包括王得祿的曾祖父王奇生在擔任千總領兵來台征伐朱一貴之亂時，斥資興建的官邸在內。

清嘉慶十四年（公元1809年），王得祿因剿平橫行於浙閩一帶的海洋巨盜蔡遷，獲朝廷擢升為伯爵太子太保，兼任浙閩水師提督，衣錦榮歸後舉家遷居嘉義。但王得祿發跡前居住

▲崇安老街路面寬度不及四公尺，外人很難想像這裡曾是清朝年間武官的進出要道。

的舊宅仍保留於府城總爺街上，做為他到道署開會時的休息處所。

由於王得祿戰功彪炳、地位顯赫，府城官員為了表示尊敬，不僅將其舊宅尊為「爵府」，還在門口豎立一塊「爵府界下馬碑」，規定所有路過的官兵都必須下馬步行。附近十字街、竹仔街、嶺後街一帶的居民，更為了迴避這位大人物的顯赫官威，不敢任意穿越爵府門前，特地在爵府前開闢一

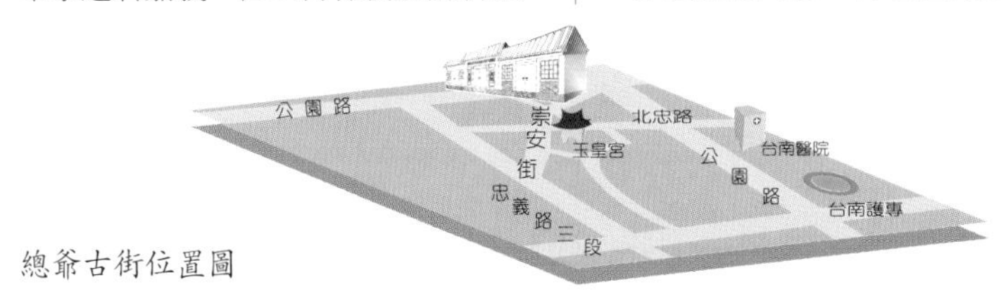

總爺古街位置圖

▲昔日以壓艙石鋪設的石板街道，如今已改鋪紅色地磚。

條右向繞經三老爺宮，以及一條左向繞經玉皇宮的通道。這兩條三角形短巷，民間俗稱爲「掩拐巷」。

王得祿的爵府以及林立於總爺街兩旁的官宅，日據時期雖然沒有受到拆除破壞，但因近年來台南市政府多次進行市地重畫，將崇安街的溪流溝渠加蓋建爲四公尺寬的道路，四周的街弄巷道也一再拓寬改建，使得這些官宅變得面目全非。原先深宅大院、占地寬廣的王得祿爵府以及王氏祭祀公業名下的土地幾乎全都出售一空，再也找不到任何磚瓦殘跡供後人緬懷。

▲牆壁上的葫蘆狀凹洞是中國最古老的「門眼」，屋內的人可窺看來者，再決定開門與否。

老街特色

舊稱「總爺街」的崇安街，是府城台南少數還能保有中國傳統街市景觀的代表作。前後兩端道路交叉的地方，分別建有俗稱「頂土地公廟」的鎮轅境廟，以及「下土地公廟」的總祿境廟。這兩座土地廟除了在匪盜入犯時，可權充抗敵的堡壘外，也具有民間信仰驅邪鎮煞的功能。台灣民間傳說道路的交叉地點往往是事故頻繁的凶險地帶，在此建廟鎮壓有袪煞除邪的作用。

有三百多年歷史的崇安街，舊時鋪設壓艙石的石板街道，目前已全面改成尋常的紅磚道；兩旁翹脊燕尾、木板門扇與透雕木窗構成的三進長院街屋，也逐漸蛻變爲外貼二丁掛瓷磚的鋼筋水泥洋房。現在崇安老街上仍舊維持早年紅磚瓦、綠扇門原貌的矮房舊屋，已經寥寥無幾。這些面貌蒼老、殘破不堪的街屋，蜷伏在蜿蜒的古街上，充滿了時不我予的蒼涼感。

▲早年傳統的街屋建築，大門兩側的牆板可一片片拆卸下來。

▲俗稱「頂土地公廟」的鎮轅境廟，是此地居民的防禦堡寨。

賞遊景點

昔爲「鎮北坊」的崇安街，除了街頭街尾兩座土地公廟外，鄰近廟宇不下十座之多，且都建於明清年間，歷史相當悠久。

其中，裕民街的三老爺宮，主祀朱王爺、曹王爺和魏王爺。朱王爺即是延平郡王鄭成功。大統街的元和宮主祀保生大帝，被日人搗毀的白龍庵五福大帝，長年寄奉於此。佑民街口的開基玉皇宮，由鄭成功部將李世輝之子李世金奔走各營募款興建，奉祀玉皇四殿下爲主神，原稱「玉皇太子宮」，後來改稱「開基玉皇宮」。西門路與大統街間的三山國王廟，是全台唯一潮式廟宇建築，廟內除供奉客家人篤信的守護神巾山、明山、獨山三尊山神之外，曾經出使潮州建樹有功的唐朝大文豪韓愈及其侄子韓湘子也一併供奉在內。位於成功路的興濟宮與大觀音亭，均建於明朝永曆年間，前者供奉保生大帝，後者主祀觀世音菩薩。位於成功路的開基天后宮媽祖廟，廟內龍柱雕造於明朝，是全台最古老的石雕作品，後殿奉祀的「傾聽觀音」，造型奇特，爲府城三大著名的觀音像之一。

特產美食

崇安老街早年有多家以手工製作糕餅的著名店鋪，如三代相傳的「連得堂」，以麵粉、糖、牛奶、奶油、雞蛋、花生、芝麻、海苔等多種材料，精心烘焙而成的脆餅，香酥可口，享譽府城。目前擔任福德里長的店東蔡益勝，原本已將圓盤型的自動翻面烤爐藏諸壁角，最近爲了再現總爺古街的風采，烤爐重出江湖，讓失傳已久的美味挑動著慕名前來的遊客味蕾。

▲歷史悠久的圓盤型自動翻面烤爐，是福德里長蔡益勝的傳家珍寶。

新化老街

▲磚牆亭柱與窗前花台的拱廊造型，是新化老街的建築特色。

一度因道路拓寬，面臨拆除危機的台南新化鎮中正路老街，在地方文史工作者的強烈抗爭及學者專家紛紛挺身請命下，總算有驚無險地躲過一劫。

這條在日據時期，以東西兩側前後相隔十七年建造完成的老舊街道，由於跨越大正與昭和兩個年代，街屋呈現出兩種迥然不同的風貌。西側爲大正巴洛克式建築，立面浮雕裝飾繁複誇張；東側爲昭和現代主義式建築，講究整體對稱的協調美感。一東一西，壁壘分明地矗立在老街上，如此特殊的建築景觀在台灣還相當少見。

新化中正路西側的二層式洋樓街屋，山牆浮雕繁複，氣勢宏偉。

歷史背景

位於嘉南平原南端的台南縣新化鎮，舊稱「大目降」，原是平埔族西拉雅族的社址，也是荷據時期最早接受教化的地方。明朝末年，鄭成功收復台灣後，取新歸化番社之意，劃歸為承天府轄境「感化里」。

清朝康熙初年，大批福建泉州移民從台南安平登陸後，沿著台江內海直溯新港溪（今許縣溪），至洋仔港一帶從事拓墾。便捷的水路交通吸引更多墾民爭相湧至，使得新化迅速發展成為當地一個重要的聚落。

位於新化鎮豐榮里洋子的「大帝宮」，舊稱「廣儲東里大道公廟」，供奉泉籍同安移民的守護神保生大帝。根據《台灣縣志》記載，此廟創建於荷據時期，堪稱是台灣最古老的一座廟宇。而這段確實的文字記載，也證明了新化的開發肇始於荷據時期。

到了清嘉慶年間，新化已從原先的群居聚落型態發展為熱鬧街肆。嘉慶十二年（公元1807年）撰修的《續修台灣縣志》中就曾記載：「距府城三十五里，有街曰大目降街。」不過，從清末到民初這一段時間，新化主要大街的中正路，只是一條街屋低矮老舊且道路蜿蜒狹窄的市集街道。日據

▲建於昭和年間的東側街屋，紅磚立面講究對稱之美。

大正九年（公元1920年），日人在新化設立台南州新化郡役所時，開始實施市區改正，除了將原本寬度不及六公尺的中正路拓寬為十二公尺外，並將街道兩側的房屋區分為東西兩段，鼓勵當地富戶拆掉老舊房屋，改建為兩層高的洋樓。

率先響應日人「拆舊屋蓋洋樓」者

▲相隔十餘年才改建的中正路東側街屋，外觀較新穎亮麗。

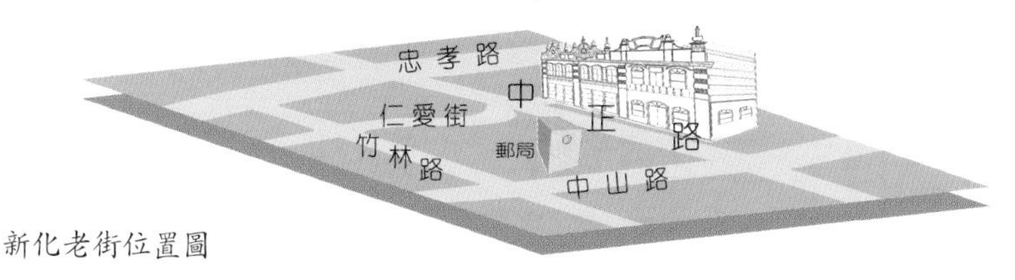

新化老街位置圖

▲樑柱與橫桁間的泥塑楹架。

是西側的林家。以紅磚和洗石子交互運用的新式建築手法，將面向街區的店鋪空間伸展得極爲開闊，尤其四周的磚牆亭柱和窗前花台，均採用前所未見的精緻裝飾，樓頂山牆還有變化多端的繁複浮雕圖案，造型新穎且氣派。這幢別致的二樓洋房完成後，立即成爲左鄰右舍欽羨的對象，自然也有不少居民在稱道之餘，加入拆屋重建的行列。

不過，中正路東側的居民對西側住家爭先恐後改建洋樓的做法卻一直冷眼旁觀，遲遲不願付諸行動，使得同一條街道上出現了新舊對峙的不協調景觀。一直到昭和十二年（公元1937年）才打破僵局，當時日人以貸款方式，採取強制拆除的行動，東側的街屋才迫於時勢，不得不改建爲同一款式的洋樓。

老街特色

新化鎮中正路老街，全長約一百五十多公尺，總共有四十八間巴洛克式街屋。不過，由於建造時間分別在大正九年及昭和十二年兩個時期，前後相隔達十七年之久，因此街道兩旁的店鋪，在外觀造型與施作手法上都有著明顯的不同。

以最能引人注意的上方女兒牆爲例，早期建築以磚造泥線做爲線腳，用來和下方屋身分隔，後期建築則比較注重整體造型的對稱性。尤其山牆墀頭的裝飾，差異性更明顯。前期以巴洛克式建築風格爲主，浮雕圖案極盡繁複誇張；後期則以昭和現代主義的風格爲取向，立面雕工較爲精緻。

中正路是新化通往鄰近鄉鎮的交通要道，日據年間拓寬的十二公尺路面，難以負荷逐年激增的交通流量。因此新化鎮公所一度打算拆除老街上的巴洛克式建築，將道路拓寬爲十八公尺。消息傳開後，當地的文史工作者反應激烈，不少學者專家也紛紛挺

▲早年是老街對外交通的狹窄巷道。

▲新化老街的商店招牌，行業特色一目瞭然。

▲每家商店外牆所懸掛的老街標誌。

▲以老街圖案製作的門牌，相當別致。

身爲老街請命，迫使鎮方不得不改變初衷。倖免於難的新化老街，近年來在地方有心人士的細心呵護下，已成爲當地重要的文化資產。

賞遊景點

開發時間甚早的新化鎮，除了中正路老街的巴洛克式建築外，還有許多老屋古厝。忠孝路林家四幢方向一致、前後排列的「四落透三合院」屋齡已有九十多年，由於中間大廳對稱整齊，從大門即可一眼望穿而得名。武安里的蘇家古厝、觀音廟附近的鐘家古厝，以及遍布於鎮內的王姓、許姓、周姓等五十多幢古厝，都是精雕細琢的傳統建築，建材之講究與施造之美在在令人屏息以對。

新化鎮東端的虎頭埤，是台灣最早興建的水庫，湖面廣達二十七公頃，沿著湖畔規畫四公里的環湖道路，湖光山色，景致宜人。園區內有涼亭、烤肉區、青年活動中心等完善設施，樂山樂水的遊客定能玩得盡興。

特產美食

新化鎮是嘉南平原東南地區的交通中樞，也是平原與丘陵之間的農產交易中心，水果買賣相當熱絡，而且以價格低廉聞名遐邇。青果商人和小販絡繹於途，因此市街小吃南北口味俱全，全省各地的知名美食在市場附近都可找到。

▲新化老街簡樸的亭仔腳。

麻豆老街

▲年久失修的立面，浮雕圖案已斑駁脫落。

提到「麻豆老街」，多數人會將焦點集中在中山路上的十幾間巴洛克式街屋上。其實，麻豆老街的特色可不止於此，麻豆鎮的中山路與興中路不僅是一條長度僅次於台北縣新莊廟街的老舊街道，兩旁新舊並立的店鋪中還有許多昭和現代主義形式的代表建築，雖然立面裝飾不如大正時期的巴洛克式繁複，不過卻呈現出規律、協調與對稱之美，具體寫實的幾何圖形更是一大特色，這是其他老街罕見的裝飾手法。

麻豆老街建築的素樸典雅，就像純樸濃厚的民情般不假粉飾，且充滿著耐人尋味的悠長意韻，親切和煦地讓人滿懷溫暖。

▼由傳奇人物陳善獨資所興建的二層洋樓，立面裝飾典雅，是麻豆鎮珍貴的文化資產。

歷史背景

位於曾文溪北端的台南縣麻豆鎮，是昔日平埔族西拉雅族的「麻荳蘁社」所在地，與佳里「蕭壠社」、新市「新港社」、善化「目加溜社」，並稱爲台南縣境的四大社。

荷據時期，荷蘭人「一手舉劍，一手拿聖經」，搶占台灣的人力與資源；擔任開路先鋒的部隊士兵進入麻荳蘁社後，將侵占的土地改稱爲「王田」，使喚當地的原住民和漢人協助拓展捕鹿、種稻、植蔗、捕魚等版圖；還從印度引入一百二十頭牛，讓原本沒有牛隻的台灣從此進入牛耕時期，牛也成爲台灣鄉間最普遍的交通運輸工具。尾隨於士兵後面的傳教士，則在麻荳設立學校，在佳里興建教堂，一方面教導原住民羅馬拼音文字，一方面「解救他們的靈魂」。此時，麻荳已是個擁有三千人口的大型聚落。

明鄭時期，鄭成功曾偕同部將何斌、馬信等人到此踏勘。後來則有來自福建漳泉一帶的移民大舉遷入。到了清乾隆二十七年（公元1762年），麻荳社已發展爲熱鬧的街肆，隸屬開化里佳里興堡。日據時期，日人將「麻荳蘁」改稱爲「麻荳庄」，並在此設立曾文郡役所，成爲下營、六甲、麻荳、官田、大內等地區的行政治理中心。

▲麻豆中山路與興中路的老街長達一公里餘，長度僅次於台北縣的新莊廟街。

位於台南縣中心腹地的麻豆鎮，所以能夠迅速由聚落發展爲街邑，主要是由於曾文溪河域的「水堀頭」和「後牛稠」兩個港埠，都在今日鎮轄

▲麻豆市街招牌林立，使得老街風采遜色不少。

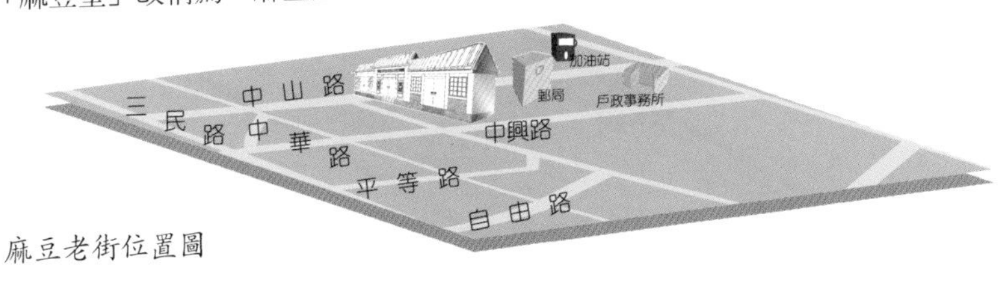

麻豆老街位置圖

的東邊。水陸交通的便捷，讓往來船隻與客旅行商絡繹不絕，帶動了麻豆的繁榮。

不過曾文溪日後的淤塞卻讓這一切都如鏡花水月。麻豆、佳里、新化、善化等四個位於曾文溪南北兩岸的鄉鎮，在喪失河港航運之利後，繁華一時的美好歲月相繼畫下了休止符。

日據大正九年（公元1920年），日人實施市區改正時，將麻豆原先呈「S」型的街道，截彎取直改爲大十字型，許多古色古香的傳統老建築都在此時先後遭到拆除破壞。取而代之的二層樓房就是今日麻豆市街的主要街屋風貌。

老街特色

麻豆是個開發歷史悠久的老市鎮，老街的幅員範圍從中山路一直延伸至興中路，全長超過一公里餘。街道長度僅次於新莊廟街，在全台各地老街中排名第二。

不過，麻豆老街的精華所在大多集中在中山路五十號一帶，也就是日新家具店兩旁的十四間「大正洋樓式」的街屋。這十四間店鋪街屋都是由當地傳奇人物陳善一人所斥資興建。

早年以販賣香燭爲業的陳善，時來運轉獲得日本鞭炮公司彰化以南的銷售代理權。這項「孤門獨市」毫無競爭對手的生意，讓他賺進了大把大把的鈔票。眼光獨到的陳善，開始從事多角經營，除了開設磚窯工廠，也投資菸酒公賣、布店和金融事業，是麻豆當時白手起家的成功典範。

▲六角造型的街屋，早年並不多見。

日據昭和十年（公元1935年），陳善以史無前例的大手筆，斥資在中山路興建十四間「番仔樓」。儘管外界對他的這項「投資」並不看好，他卻獨排眾議，非但堅持使用最好的建築材料，而且嚴格要求現場施工的泥水師傅必須確實做好品質管制。陳善自豪地向外界表示，這十四間房子堅固耐用不怕地震，而且必定可以成爲麻豆街屋的代表。一如陳善所料，這十四間以昭和年間現代主義形式所建成的街屋，典雅的立面裝飾已成絕響，更是麻豆鎮發展歷程的珍貴史

▲突顯當年氣派與建築風格的裝飾層次分明。

蹟。此外，早年曾是麻豆鎮民休閒去處的電姬戲院，雖然已休業多時，外觀也因風雨侵蝕而斑駁，但悠久的歷史與所代表的意義也不輸麻豆老街的街屋。

▲以昭和現代主義形式爲裝飾主軸的麻豆電姬戲院。

賞遊景點

建於麻豆發祥地水堀頭西側的代天府，殿宇建築閎偉壯觀，是聞名全省、香火鼎盛的王爺廟。廟後興建的巨龍天堂、十八層地獄及水晶宮等勸世奇景，更成爲往來麻豆者不可錯過的景觀。

麻豆林家，早年曾與板橋林本源家族、霧峰林獻堂家族，並稱爲「台灣三林」。富甲一方的豪門深宅，如今已成麻豆文化古蹟。林家古厝的正廳門扉工藝精美，內部穿斗室楹、椽木架構雖然樸實無華，但樑檁橫桁的雕刻細膩精緻，極具觀賞價值。林家後裔眾多，大宅內依照輩分所興建的各房建築都有其特色，經常可以看見研究台灣早期建築的學者穿梭其間。

▲麻豆街上老字號的食品店，精緻的門面裝飾躲在遮陽棚與看板下，無法一窺全貌。

特產美食

麻豆的特產中自然以名震南北的文旦最讓人念念不忘。樹齡越老的文旦樹，結出的文旦滋味越是香甜多汁。可惜老樹畢竟不多，因此瘋狂搶購的熱潮幾乎年年上演，甚至未上市就已被訂購一空。麻豆代天府附近的文旦觀光果園，每年一到中秋節前後的採果期，通常都會對外開放給民眾摘採，讓前往進香的信徒，順道享受採果的樂趣。

▲重新粉刷過的牆壁，仍可以看出建造時的用心。

善化老街

▲以洗石立面爲主的店屋，僅鑲嵌商號名稱。

善化是荷據時期最早開發的南台灣五大番社之一，也是嘉南平原物產富饒的農業重鎮。日據時期，日人興建的蔗糖運輸鐵道遍及曾文一帶偏僻山區，使得善化成爲農產運輸與民眾進出的交通孔道。如今糖業雖已沒落，但善化老鎮的迷人風采卻仍閃耀著熠熠光環，歷久不衰。

舊稱「目加溜灣街」的善化鎮中山路，立面外牆以洗石子爲主的街屋，雖然沒有繁複誇張的浮雕裝飾，但是協調對稱的外觀格局以及老舊建築所散發出來的沉穩面貌，卻值得細細品味。

▼部分路段相連的家族街屋採用同款式的屋貌，設計施工上比較省事，這也是許多老街常見的現象。

史背景

於嘉南平原中部的善化鎮，原爲平埔族西拉雅族「大武壟社」的社地。荷據時期稱爲「目加溜灣社」，也是台灣南部最早接受荷人教化的五個番社之一。明鄭年間，參軍陳永華認爲此地開發情況良好，建議鄭成功將地名改稱爲「善化里西堡」，善化一名便是由此而來。

清朝康熙中葉，漳泉兩州的移民相繼到現今善化鎮東關、文昌、南關、西關、北關、文正等舊稱「灣里」的地區開墾時，與西拉雅族的酋長立契設定番租地界，土著往大內鄉頭社村遷移，善化逐漸發展成重要市集。

據康熙三十三年（公元1694年）高拱乾撰修的《台灣府志》記載：「諸羅縣署縣治在開化里之佳里興，學署在目加溜灣，典史署在善化里之目加溜灣街，巡檢司署在諸羅山麓。……目加溜灣街在善化里，縣轄多番鄉，鄉民需物皆市府中，獨此一二列肆，故名街。」這一段文字，不僅勾勒出善化在當時已是個重要市集，同時也是個設有學署及典史署，文風頗盛的地方。

▲善化中山路經過多次拓寬後，許多老舊建築都已經拆除了。

▲斑駁脫落的立面牆飾，原有面貌已無跡可尋。

善化在早年能以「靈氣獨秀，人文薈萃」聞名，應歸功於「台灣文教開山始祖」沈光文在此興辦學府，教學授課。儘管沈光文當年設置的學堂及他身後埋葬的墳塋如今已無跡可尋，但知恩圖報的善化人爲了紀念他，特地以他的名號爲橋名及路名，如光文路、文開橋、斯庵橋、光文橋等，時刻提點子弟這位名士的偉大貢獻。

日據期間，日人將善化列爲南台灣

善化老街位置圖

▲交叉路口的店屋，洗石立面開闊，但頂端未施設女兒牆。

山區發展糖業的重鎮，在此設置一座規模宏偉的糖廠，並以善化為中心，鋪設連接永康、佳里、玉井、南化、左鎮、麻豆、安定及山上等環繞於山區的甘蔗原料運輸鐵路。

高聳天際的善化糖廠煙囪，成了當年地方上醒目的地標，新興的糖業也帶動了山區的經濟發展。由於位處偏僻山地，早年農民辛苦收成的農產雜糧，全都仰賴台糖的小火車運送到平地販賣。小小的火車軌道如同山區經濟的大動脈，也是山區居民進出的唯一交通工具。

▼兩間相同形貌的街屋，屋身開間與窗前花台則小有差別。

近年來，由於公路運輸四通八達，加上台南科學園區開發面積超過六百餘公頃，糖廠小火車行駛的路線幾乎被破壞殆盡。善化糖廠小火車運輸在喪失經濟效益下，終於功成身退地在民國八十八年底停止運行，並逐漸為人所淡忘。

老街特色

善化鎮中山老街，從慶安宮旁的中山路與進學路交叉口為起點，至中正路口的警分局前為止，全長只有二百餘公尺。這條位居市街中心的交通要道，同時並存著數個不同時代的建築

▲位於三角窗的店面，各家裝飾造型互不相同。

形式，為開發迄今已近四百年歷史的善化老鎮，留下一頁頁可堪細數的歷史記錄。

舊稱「目加溜灣街」的中山路，早期中國傳統長條狀的木造街屋，在日人致力發展糖業之初幾乎已被拆除一空。大正年間改建的二層洋樓，立面繁複的浮雕裝飾，也在一次又一次的道路拓寬改建中漸次消失。目前所能

▲老街上的住家，屋面的木造門窗維護良好。

見到的街屋形貌，絕大多數都是昭和時期現代主義式的建築，以及四十年代戰爭前後冒出的新式樓房。

善化中山路老街看不到競奢逐美的巴洛克式建築，兩旁外牆立面以洗石子爲主的街屋，講究的是外觀的對稱協調，而且內部大多還保留著傳統建築的原貌，舊有門面也保留得相當完整。至於後來新建的RC鋼筋混凝土大廈，雖然新潮時髦，卻毫無特色，兩相對照更可以看出舊日建築的可取之處。

賞遊景點

善化是台南縣境內開發較早的一個鄉鎮。清康熙四十八年（公元1709年），當地居民在今中山路興建文昌閣，主祀官祿神文昌帝君。同治元年(公元1862年)地震倒塌重建時，地方倡議擴大規模，並易名「慶安宮」，改爲奉祀天上聖母。慶安宮是一座三落三間起的廟宇，大部分構造目前仍保留同治時建造的原貌，廟前並有一口相傳由荷據沿用至今的水井。

善化鎮中山路與鎮郊有許多清末民初的古厝建築，穿斗木構、瓜柱樑桁、板堵彩繪、簷口飛翹等無不精巧討喜，堪稱爲傳統建築的佼佼之作。

特產美食

日據年間，善化糖廠是南部重要的蔗糖工廠。光復以後，善化則成爲台灣番薯的最大產地。不論種植面積或番薯粉的產量都高居全省之冠，鎮內大大小小的番薯粉工廠不下五十家，番薯粉成爲善化遠近馳名的特產。

▲老街一隅的善化市場，流動攤販雲集，交易熱絡。

◀善化慶安宮以高大的棚架來保護屋簷剪黏，雖然立意甚佳，但原來典雅古樸的面貌卻也因此被遮住了。

旗山老街

▲旗山老街附近以竹壁土牆為結構的紅磚瓦房。

早年享有「香蕉王國」美譽的高雄縣旗山鎮，日據時期卻是個因糖業鼎盛而帶動市街發展的產糖重鎮。火車站前的中山路一帶，曾經是日人潛心打造的「糖廠工業街」。

旗山鎮的老街分爲南北二段。南段在復興東街一帶，稱爲「石拱圈亭仔腳」古街道，具有相當濃厚的鄉土氣息；北段在中山路上，屬於仿巴洛克式「西洋牌樓」建築，異國風味十足。

這兩種造型結構迥然不同的街屋型態，一南一北相互輝映，使得旗山鎮土洋交融的市街風貌別具特色，在台灣的建築史上堪稱一絕。

▼建築造型具有多種時代特色的旗山火車站，帶動了整個旗山鎮的發展。

歷史背景

旗山舊稱「番薯寮」。相傳清朝康熙末年，居住於鳳山的漳州墾民招募汀州佃人，翻山越嶺來此向西拉雅平埔族「大傑顛社」住民租耕，搭建竹寮種植番藷，因此而得名。

清雍正九年（公元1731年），官府設縣丞於羅漢門，移居屯墾的民眾大爲增加。到了嘉慶十二年（公元1807年），續修《台灣縣志》時記載：「距城六十里，有街曰『番薯寮街』。」光緒十二年（公元1886年），設置番薯撫墾局。

日據初期，日人除了在撫墾局派駐守備隊外，並設置郵便受取所，使得此地市街漸具雛形，但當時住戶僅有三百餘戶，總人口只有一千餘人。大正九年（公元1920年），日人以「番薯寮」舊稱不雅，且不足以涵蓋市街型態，於是取其位於旗尾山之西南端，遠眺有如無數旗幟並插，而將地名改稱爲「旗山街」，隸屬於高雄州，成爲旗山郡役所的所在地。

旗山鎮由於地處山地與平地的交界，又爲楠梓仙溪的出口，自古交通地位極爲重要。早年，這裡是樟腦業的生產重鎮，也是附近農產品的集散地與轉口站。日據時期，本地的製糖工業一度相當蓬勃，糖廠的巨大煙囪終日煙霧繚繞，鎮上的市街也以糖廠小火車穿梭進出的旗山站爲起點，逐漸快速發展起來。

五十年代初期，製糖工業漸走下坡，原本到處可見的蔗田開始改種香蕉，香蕉的重要性還後來居上，種植面積及產量均高居全台之冠，爲旗山

▲昭和年間以紅磚和洗石子爲主的中山路街屋，立面山頭裝飾豪華。

▲當年香蕉外銷盛極一時，旗山鎮農會因業績雄霸一方，氣勢恢宏。

旗山老街位置圖

▲復興東街石拱圈亭仔腳，氣勢宏偉壯觀。

鎮贏得「香蕉王國」的美譽。不過隨著外銷數量的銳減，昔日以香蕉爲貴的旗山鎮，再也難以見到蕉農興高采烈收成香蕉的景象了。

老街特色

旗山火車站前復興東街的石拱圈亭仔腳，是日據明治年間（公元1901年-1908年）在番薯寮廳第一任廳長石橋亨推行的造街計畫時所改建完成，當時將閩南式的平樑騎樓改爲圓拱形狀，並利用重量堆積的原理，將砂岩切割成大小不等的石塊，打平接觸面與底部，外顯的部分鑿成粗糙，然後再以三十一片砂岩石塊一片片堆砌成圓拱型石拱圈。拱形部分由十五塊馬蹄形岩石相疊，中央的拱心岩石較大，串接整個石拱圈後，形成一座座古意盎然的迴廊。

石橋亨當時所採用的石拱圈做法，是西洋文藝復興時期特有的一種建築工法。比較特殊的是俗稱「三角窗」的騎樓轉角處，多半都由一支柱礎分出三道石拱，並呈幅射狀散開，用以支撐木屋架及紅瓦屋頂，使其成爲一種硬山擱檁結構的形式，造型十分優美。這些石拱圈騎樓，外表沒有鋪上水泥或其他磚飾，完全保留石塊的土黃原色，成爲全省獨一無二的街屋建築面貌。

至於舊稱「二保」、「三保」的中山路段，則是在昭和年間（公元1920年-1930年）進行第二次市街改正時，由旗山街上的首富吳萬順家族率先起造，其他地方士紳陸續跟進。當時街屋的建築均爲兩層樓房，柱子、門窗及窗檽的造型，多半仿照歐洲巴洛克式洋樓的式樣，尤其著重立面山牆的裝飾。紋飾圖樣除了花草鳥獸之外，也包括漢文、日文、羅馬文字

▲保持石塊土黃原色的石柱，是旗山老街的最大特色。

等，藉以突顯出家族姓氏，是富戶豪紳誇奢比闊的做法。中山路上的西洋牌樓街屋，由北到南約有三十個店面，全部面東而建。整條街屋一氣呵成，十分富麗壯觀。

▲樑柱與橫桁間的石雕楹架，精雕細琢有如藝術佳構。

賞遊景點

旗山鎮上最負盛名的建築，便是當日帶動市街迅速邁向繁榮興盛的旗山車站。這座創建於日據明治四十四年（公元1911年）的糖廠小火車站，採用尋常的磚木共構方式，但其造型卻融合了時髦的維多利亞式和復古的歌德式，屋頂左側還有一座高出屋脊的八角形錐體尖塔。右邊的三角形山牆，則裝飾著垂直及水平線條，屋頂石棉瓦採用對角線及鱗片式的組合，使得整個車站呈現出輕鬆活潑、明朗俐落的節奏感。

旗山鎮內還有許多歷史悠久的傳統老厝，包括位於延平路巷道內的洪厝、中山路吳厝、文中路蕭厝、永福街與延平路口莊厝，以及市郊大山頂番社的張厝、郭宅，還有溪洲莊內的陳厝、李厝、黃厝、江厝，以及口隘里陳厝、中正里鍾厝等，不下數十家。這些老屋的屋齡全部都在八、九十年以上，磚瓦牆垣處處可見古色古香的閩南式傳統風采。不過，曾經飽受竊賊毀損困擾的這些老宅院，目前多半大門深鎖，謝絕外人造訪參觀。對喜愛史蹟文物的人來說，誠是一大憾事。

特產美食

旗山是個以農業爲主的城鎮，當香蕉王國的榮光褪色之後，農民相繼改種木瓜、荔枝、龍眼、鳳梨等各種經濟性水果，每年產量亦相當可觀。不過，旗山老街最負盛名的「特產」，還是位於中山路最北端——亦即華中街十字路口的「枝仔冰城」。這間堪稱爲台灣最老牌的枝仔冰店，老闆鄭城從民國十八年創業迄今，如日中天的聲譽始終維繫不墜。「枝仔冰城」是許多旗山人的共同記憶，也是許多負笈異鄉的遊子最難以忘懷的滋味。

▼重新整飾過的街角店面，外觀特色已全然消失。

岡山中街

▲▼曾經新穎亮眼的洋樓，如今外觀已陳舊斑駁。

高雄縣岡山鎮平和路，舊稱「中街」，早年曾經是附近數十鄉里村民購物與消費的集中地，是岡山地區最爲繁榮熱鬧的市街中心。孰料幾年前一場突如其來的無名大火，燒毀了日據期間興建的檜木火車站，其後更隨著新站的東遷改建，以及外環道路相繼開闢完成，舊火車站前的平和路在樞紐地位大不如前的情形下，市容較以往賓客盈門的盛況要冷清許多。

縱使如此，中街兩旁的商家依然辛勤努力地經營著店面，沒有隨波逐流轉往新興商業區尋求發展。雖然人潮不如以往，但街市的面貌卻風華依舊。老街市緊隨著時代的變遷而苦撐住一片天，堅卓的韌性正是老街能夠生存百年之久的原因。

◀岡山商業重心雖然轉移到新商圈，但中街依然生機蓬勃。

歷史背景

舊稱「竿蓁林」的岡山鎮，開發時間相當早。「竿蓁」是台語「菅茅」、「菅芒」之類野生草竹的俗稱，意指在尚未拓墾之前，這一帶盡是荒草叢生的郊野漠地。根據文獻資料所載，明朝萬曆年間，此地已築有二鎮陂、三老爺陂、馬樹林陂、北領旗陂等引水灌溉設施。天啓年間，鄭成功的軍隊在鎮轄西南端設置營鎮進行屯墾，目前鎮內的協和、後協、前鋒等里，即是明鄭部將屯田的營寨地點，當時的地名一直沿用至今。

清乾隆年間，岡山仍舊稱爲「竿蓁林」。乾隆二十九年（公元1764年）重修的《鳳山縣志》上記載：「竿蓁林街在仁壽里，縣北二十五里，府治大路。」至於後來大家熟悉的「阿公店」一名，則是直到嘉慶、同治年間才出現在鳳山縣輿圖上。

「阿公店」的來源有兩種不同說法，一是岡山鎮位於阿公店溪北岸而得名；一是早年有位在此開店的老翁，爲人古道熱腸，街坊爲感念他的善心德行，便稱地名爲「阿公店」。

日據大正九年（公元1920年），思鄉的日人託辭北方大小岡山毗連，而以日本國內的「岡山」名城，取代了沿用多年的阿公店一名，阿公店街從此改稱爲「岡山街」。

老街特色

岡山是高雄與台南兩縣之間最重要的一個鄉鎮，也是高雄平原的工商中樞。由於發展快速，俗稱「岡山中街」的平和路，從日據年間市街形成迄今，一直都是商業鼎盛的市集街道。

人潮川流不息的平和路，被貫穿鎮內的台一線省道岡山路橫截成東西兩段。西段原本是火車站的進出孔道，兩旁老舊低矮的二樓街屋，大多是年代較久的早期建築物，店家所從事的行業也多半與火車貨運有關。火車站東遷後，貨運生意一落千丈，不少業

▲原本最爲熱鬧的火車站前路段，在車站遷移後已逐漸沒落。

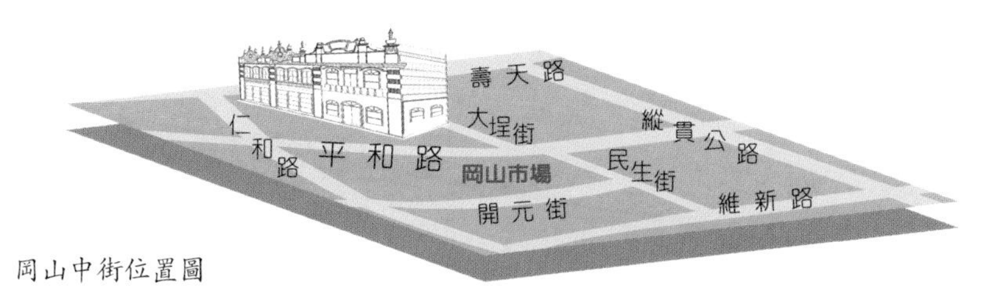

岡山中街位置圖

▲立面牆頭字跡模糊，但殘存的結構仍可想見當年的壯觀氣勢。

者乾脆關門歇業，原本老舊的建築物在乏人照顧下更見頹象。

西段的市街則是商業精華所在，這裡有不少日據時期興建的洋樓建築，與傳統商鋪比鄰而居，形成中西並列、土洋混雜的街屋型態。不過，傳統店鋪因爲數目不多，且磚牆泥瓦大半掩蓋在五花八門的廣告招牌下，所以遠不如大正或昭和年間高矮不一的洋樓建築來得醒目。

平和路的洋樓，大多以昭和時期的二樓住商式店屋居多，牆緣及立面貼掛單一色調的瓷磚，外貌樸拙平實。但屋頂上平直的女兒牆，除了常見的細密簷間線腳外，不少還設置拱型窗洞，或者花瓶狀漏空排列的欄杆。部分位居街道轉角或三角窗的建築，爲突顯地點與建物的重要性，主體結構特別宏偉，有如立體雕塑般的外觀，加上變化繁複的花草紋飾及屋頂突出的山形牆面，在在顯現出富貴人家的磅礡氣勢，豐富了這條商業街道的多元面貌。

賞遊景點

岡山鎮內最著名的「壽天宮」，是清朝康熙年間從台南大天后宮分靈而來的媽祖廟，原先廟址在平和路與維仁路交叉口，也就是昔日阿公店街的中心。日據年間遷移至中山公園時，日人爲破壞台灣的民間傳統信仰，還刻意將廟宇建於日本神社一旁，連廟中樑柱也採用西洋造型。台灣光復後，廟方「以其人之道，還治其人之身」，也將日本神社大門口的兩隻石獅置於正殿前，讓神社的石獅來爲媽祖看守門戶。

壽天宮旁的中山公園，入口牌樓即是日本神社的大門。公園內環境幽雅，是鎮內老人主要的休閒場所，每逢假日攤販雲集，隱然形成風氣的賣唱文化，更饒富地方特色。

▲重新整修過的老舊街屋，西式建築餘韻猶存。

▶由日本神社石獅看守媽祖門户的岡山壽天宮。

此外，聞名全省的「岡山籮筐會」趕集，已有兩百餘年歷史，每年固定舉行三次，分別是農曆三月二十三日媽祖誕辰、八月十四日中秋節前夕及九月十五日義民節當天。雖然舊日農業社會以物易物的交易型態已不復存在，但一年三次的趕集盛會至今仍是當地的年中大事。

特產美食

蜂蜜、羊肉和豆瓣醬是岡山鎮的三大名產。其中，蜂蜜主要產於龍眼種植面積冠居全省的大小岡山，質純味美，口碑甚佳；羊肉來自附近的燕巢、阿蓮、田寮等山區，早年大都以岡山爲交易中心，貨源充裕，現宰現賣，新鮮無比。已有半世紀歷史的岡山豆瓣醬，是吃羊肉不可缺少的最佳佐料，最初是由當地一位名叫劉明德的醬菜業者以手工精心釀造，如今則是由工廠採機械化大量生產，產品在坊間到處可見。

此外，岡山羊羹也小有名氣，口味眾多，是嗜愛甜食者會喜歡的道地茶點。鎮內的市集小吃，遍布大街小巷，山珍海味任憑選擇。

▲橫巷的店面低矮陳舊。

▼街肆中的狹窄巷道，寬度不及三尺，僅能供機車與路人通行。

哈瑪星老街

▲寬闊壯觀的三角窗紅磚建築，在當年可是睥睨群倫的作品。

舊稱「新濱町」的高雄市鼓山區，市街最主要的鼓山一、二路，有個奇特怪異的名字──哈瑪星街。這個街名，讓許多初來乍到的外地遊客好奇不已，也許就連土生土長的當地人也不知其中典故。

「哈瑪星」是個充滿著歷史與記憶的地方。這裡是昔日高雄海陸交通的重要樞紐，同時也是早年港都的金融與醫療中心。在高雄的開發史上，「哈瑪星」曾經位居要津，占有相當重要的一席之地。

▼外觀陳舊的木板屋，在台北、台中等幾個較大的城市中都可以看到。

歷史背景

位於高雄港西北岸的鼓山區，原名「打鼓山」，又稱「打狗山」，海拔雖然只有三五六公尺，不過由於突出於海面與平地之上，儼如高雄港的天然屏障。早年曾經盛傳此地是明代大海盜林道乾之妹「埋金於山上」的寶窟所在，因此又名「埋金山」。後來，地方人士以風景奇麗爲由，稱爲「麒麟山」。日據時期，日人改稱「壽山」，光復以後一度恢復爲「麒麟山」，最近又改爲「萬壽山」。

日據明治三十三年（公元1900年），台灣西部縱貫鐵路全線通車時，最南端的終點站就設於高雄市鼓山一路的高雄港現址，當時車站稱爲「打狗驛」。大正九年（公元1920

▲日據時期的漁港辦公廳舍，外觀陳舊破落不堪。

▲日據時期專門運輸魚貨的漁港線鐵道，是「哈瑪星」地名的由來。

年），改稱爲「高雄驛」。爲了接駁海陸運輸上的需要，日人在高雄驛又興築兩條短程鐵路，一條通往高雄港一、二號碼頭，稱爲「商港線」；另外一條則通往鼓山渡船頭魚市場，稱爲「漁港線」。

當時，鼓山漁港是全台灣最大的遠洋漁船基地。漁港線鐵道，沿著目前的濱海路與高雄港站一帶的港畔興建，專門用來轉運魚貨海鮮。日人稱漁港線鐵路爲「Hama Sen」。日語Hama指的是海濱，Sen則爲鐵道。當地居民訛取爲台語發音的「哈瑪星」，於是產生這個奇特的地名。

日據時期稱爲「新濱町」的鼓山區哨船頭、濱海路一帶，是塡海造陸的海濱新生地，拜高雄港大舉建設之

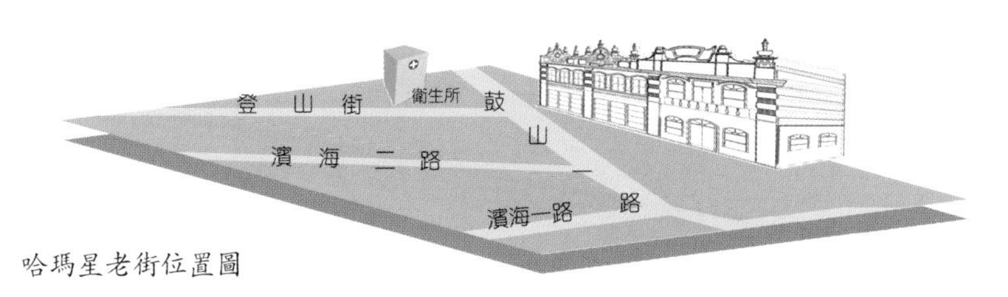

哈瑪星老街位置圖

◀早年的高雄驛站，如今已成鐵路局高雄港貨物轉運站。

賜，一躍成爲高雄市的首善之區，最先邁向現代化的嚆矢。銀行、商社、旅館、百貨店等新興行業，如雨後春筍般冒了出來，市政府、警察局、消防隊、醫院、郵局、市場、小學等行政、司法、教育機構，也紛紛據地開張。非但如此，這裡更是高雄市最早擁有自來水、電燈、電話等現代化設施的地方，許多政府權貴和豪門巨富不約而同定居在此。

哈瑪星市街的開發時間雖早，但因港口內陸腹地面積有限，無法容納因工商業興盛而湧入的大量人口，加上高雄都會市區的發展不斷向內陸延伸，到了昭和十六年（公元1941年），日人終於將火車站遷往今三民區建國二路的大港埔；不久後又將遠洋漁船基地移到前鎮漁港，一些相關行業，包括漁具、漁船、鐵工廠，乃至於銀行、旅館等也緊隨著遷徙的腳步迅速外移。哈瑪星市街就像「王謝堂前燕」一樣，從繁華的雲端摔了下來。到了民國六十年左右，風光褪盡的這條市街已全然沉寂下來。

▼昔日曾是台灣最大遠洋漁船基地的鼓山漁港。

▲街角一隅幾家從事「夕陽行業」的老店鋪。

老街特色

日據時從高雄驛通往渡船頭漁市場的新濱町漁港線鐵路，涵蓋的範圍遼闊。目前當地人所稱的「哈瑪星」指的是東起鼓山一路的縱貫鐵路，西至柴山，南邊緊鄰高雄港，北濱萬壽山麓一帶的區域，整個範圍狀似口袋。

不過，一般通稱的「哈瑪星街」多

▲格局宏偉的舊式辦公廳舍，經過整修後面貌煥然一新。

半泛指鼓山一、二路，以及濱海一、二路等處的街道巷弄，也就是從五福四路左轉鼓山一路，延伸至漁港碼頭、哨船頭一帶。這裡便是當年萬商雲集，權貴巨富比鄰而居的地區。

哈瑪星街道意興風發的年代到底有多耀眼，可以由舊街上一幢幢具有南洋風味的百年老屋見出端倪。這些設計精美、建築宏偉的老舊街屋，建材、設計及造型都是上上之選，沒有龐大的財力為後盾，絕不能展現如此恢弘的氣勢。

賞遊景點

由當地熱心人士組織而成的「哈瑪星社區營造工作室」，成功地為哈瑪星、哨船頭地區塑造出獨具一格的水岸風情，讓哈瑪星成為全省首屈一指的水岸社區；也獲得行政院挹注龐大經費，完成主要街道招牌更新、三角公園與哨船頭公園整建、第一船渠沿岸景觀步道、漁市場與高雄港機廠再開發，以及休閒廣場和停車場闢建等多項更新建設工程。幸運的哈瑪星不再受困於老街展翅乏力的窘境，反而呈現出迥然不同的嶄新風貌，在更新與維續的糾纏中交出漂亮的成果。

近在咫尺的萬壽山公園、萬壽山動物園、柴山自然公園，以及由臨海路二段穿越隧道即可抵達的西子灣風景區——包括海水浴場、濱海公園、中山大學校園、高雄史蹟文物館（前身為前清英國領事館）等，都是適合順道一遊的好去處。

特產美食

鼓山區依山傍海，靠海的地方以海鮮出名是順理成章的事。這裡的海鮮種類相當多，近海遠洋的新鮮魚貨，和鄰近的旗津、前鎮等地並駕齊驅，成為供應高雄市海鮮的主要來源。

此外，由於鼓山地區外來人口眾多，加上這裡又是中山大學師生進出的通道，市井小吃更是三五步一家，基隆甜不辣、新竹米粉和貢丸、彰化肉圓、台南擔仔麵等都相當普遍。

▲往來於鼓山與旗津之間的渡輪，是兩地居民的主要交通工具。

通山舊街

▲日據時期的長條木板屋，外觀老舊殘破。

高雄市旗津區舊稱「打狗市街」，早年由於港域遼闊、水路便捷，行商客旅穿梭不息。清末年間，高雄港對外開放爲通商口岸後，市街上洋行林立，萬商雲集的盛況尤適於前。港口通往旗後山頂的通山路更是人聲鼎沸，十分熱鬧。

日據時期，日人在高雄港的開發建設轉移到對岸的鹽埕區，打狗市街不再是眾人矚目的商家必爭之地，昔時的繁華漸行漸遠，最後就像南柯一夢般不堪回首。通山路的興起與沒落，正是台灣許多老街市的縮影，成敗均繫之於航運，兩者間休戚與共的唇齒關係在打狗市街更爲明顯。

▼旗津市街中低矮舊屋與高樓大廈參差並立的景象。

▲通山路的街屋可以見到不同時代的建築風貌。

歷史背景

高雄市旗津區的旗後半島以及對岸愛河口鹽埕區一帶的港灣，早年稱爲「打狗港」。這裡原本是西拉雅平埔族馬卡道族「打狗社」的社址所在地。

「打狗港」是個利用旗後半島和打鼓山之間潮流口的大瀉湖，當作船隻進出停泊的天然港口。旗後半島形成港灣的時間，雖然早於荷蘭人登陸鹿耳門占據一鯤鯓（後來的府城安平）之前。不過，當時的「旗后庄」僅僅是個漁民在魚汛時期，爲了方便作業臨時搭建的簡陋草寮而已。

漢人正式在旗后定居，始自清康熙十二年（公元1673年）。根據當地墾戶徐阿華所立的一份墾契指出：「康熙十二年，自置一小漁船，住眷捕魚爲業，船因颱風，避入旗港。該旗一帶砂汕，並無居民。此山近海，捕魚頗爲簡便，先搭蓋一小寮，暫避風雨。後則邀同漁人洪應、李奇、白圭、潘跡等，各蓋一草寮，在旗捕魚，共計十餘家。……迨康熙三十年，成旗起蓋，人煙稠密。」旗後自此由聚落逐漸發展成爲打狗港重鎮，乃至於港務繁榮、貿易鼎盛之地。

日據期間，日人爲了將基隆港和高雄港擴建成爲台灣南北兩大門戶，一

▼同一棟房屋使用多種建材是通山舊街的建築特色。

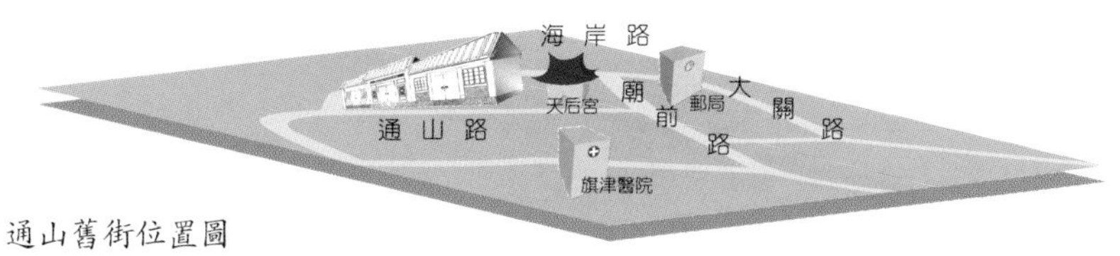

通山舊街位置圖

▲歷經前清、日據到光復三個不同時代的住屋比鄰而立。

度打算利用高雄做爲征服世界的「南進基地」，不但倡議將設在台北的「台灣總督府」遷移來此，而且還煞費苦心多次進行「市區改正」，將高雄地區的市街中心由旗津轉移到對岸的鹽埕區，此舉也使得整個旗後半島位居要津的地位，從此一落千丈。

光復後，政府爲因應國內經濟起飛的需要，從民國四十七年起，展開爲期十二年的高雄港擴建工程。其中包括五十六年在旗津半島的紅毛港開闢第二港口，完成後更使得整個旗津地區成爲一座懸繫於海上的「孤島」，

▲光復初期搭蓋的簡陋木板屋，上面覆蓋鉛板鐵皮。

當地居民必須依賴渡輪接駁進出。

高雄港的各項港埠建設，受到先天地理環境的限制，幾乎完全以主航道東北側的臨港地區爲主，西南側的旗津半島則僅有儲木池、中小型修船廠及漁船避風渠等設施。直到籌建十餘年的旗津過港隧道工程於民國七十三年五月十八日竣工通車後，旗津地區的對外交通始獲得改善與解決。

老街特色

舊稱「打狗市街」的旗津是港都高雄市的發祥地，也是高雄港從船澳港灣，逐步邁向國際知名大商港的里程

▲早年就地取材砌築的簡陋石牆。

碑。旗津的功成身退以及在高雄市發展中委屈求全的讓步，讓旗津歷經了盛極而衰的滄桑際遇。蜷伏在旗後天后宮一旁的通山路市街，則默然地看著旗津的興起與沒落。

通山路是渡船頭通往山上的交通要道，如今是旗後地區碩果僅存的一條古老街道。蜿蜒狹窄的巷道中有一部分相互交錯迴繞，形成獨特的「九曲

▲狹窄的巷弄通道，頗有鹿港「摸乳巷」的況味。

巷」，不論型態或結構，都與開發時間較早的馬公市中央街及鹿港中山路一帶的古老巷道十分類似。

通山路舊街上的房屋，爲台灣的開發歷史留下許多珍貴的資料。這裡有清朝年間特有的方形紅磚木屋、日據時期木造陽台的紅磚樓房、光復初期的土埆牆屋，以及五十年代改建的磨石樓房等。這些建於不同時空背景的各式建築，猶如一部層次分明的台灣建築史，眞實呈現出不同年代的建築特色。

曾幾何時，通山路上的老宅古厝多數已毀在道路拓寬及街屋改建的無情破壞下，斷垣殘壁的景象，實在令人觸目驚心。

賞遊景點

位於旗津渡船頭附近的「旗後天后宮」是高雄市最古老的媽祖廟，肇建迄今已有三百多年的歷史。這座台灣地區首次由地方百姓出錢出力興建的「民建」媽祖廟，古樸無華的廟貌與悠久的廟史相互輝映，古意盎然。

來到旗津還可欣賞到大自然的美景，例如海水清澈、沙質細軟且風景怡人的旗津海水浴場；海洋生物種類繁多的旗津海洋生物館；早年是軍事重地的旗後山則有盤旋而上的環山步道，沿途林木蒼鬱，山頂還可眺望已列爲古蹟的旗後砲台、高雄燈塔以及美不勝收的港市風情。

特產美食

從鼓山哨船頭搭乘渡輪到旗津吃海鮮、賞海景是人生一大享受，高雄市民樂此不疲，外地遊客也趨之若鶩。

旗津海鮮馳名已久，天后宮旁的廟前路幾乎三步一小攤，五步一大店，賣的都是標榜「本港漁產」的美味海鮮，一〇三巷更是有名的「海鮮街」。想吃味道鮮甜、價格公道的海鮮，旗津絕對會讓你不虛此行。

▲渡船碼頭一帶高樓大廈林立，與一旁通山路老舊街屋形成強烈對比。

東港老街

▲從街屋立面及山頭裝飾，可以明顯看出東港老街建築時間前後不一。

港灣遼闊的水路交通，讓東港成為清朝時期大陸移民渡海來台的重要門戶。濱臨港口的東港老街——延平路因勢而起，享受著地利之便所帶來的豐碩成果。東港在日據時期，漁業與商業發展達到巔峰，如此的榮景當然也造就了東港街市盛極一時的市況，街道兩旁擠進了形形色色的各式商鋪，漁業儼然已成為東港鎮的經濟命脈。

台灣光復後，大大小小的醫院、診所競相在老街上設立，延平街從昔日的商業大街搖身一變為南部首屈一指的「醫師街」。老街起起伏伏的變身過程，至今仍為人津津樂道。

▼東港延平路的街屋包括前清、日據和光復三個不同時期，造型與風格截然不同。

歷史背景

位於屏東縣西南海隅的東港鎮，原是西拉雅平埔族「放索社」聚居之地。明朝末年，鄭成功據領台灣後，漳泉兩州的移民一批批從下淡水溪出海口的港灣登陸，披荊斬棘地在這個人煙稀少的地區開墾荒地。

關於東港地名的由來，有兩種不同說法。一說是此地正好位於琉球嶼的東端，移民以方位命名，稱登陸上岸的港口爲「東港」。另一種說法是，明末清初時，台南安平港、高雄打狗港和屏東東港並稱爲南台灣三大重要港口；高雄旗後的打狗港，當年稱爲「西港」，位在屏東與其遙遙相對的港口，理所當然地就稱爲「東港」。

▲早年商業鼎盛的東港延平路，街屋建築極具規模。

▲日據年間老舊脫落的街屋立面，以貼瓷磚方式補強。

東港在清朝雍正年間就已是個繁榮熱鬧的貿易港口。朝廷在此設置水師盤營及辦務署。由於來自大陸福州、澳門等地的大小商船進出頻仍，使得濱臨港埠的延平路市聲鼎沸，百業崢嶸，同時也讓東港躍居爲南台灣海陸交通的樞紐。

日據時期，日人傾全力開發高雄港成爲國際工商港埠，大型船塢碼頭相繼興建完成，近在咫尺的東港當然受到嚴重打擊，港務航運從此一蹶不振。台灣光復後，東港甚至一度淪爲僅有漁民進出的小漁村。一直到了六十年代後期，通往恆春墾丁的道路與碼頭設施相繼興建改善，東港才又重現生機，重新發展成現代化的工商漁業城鎮。

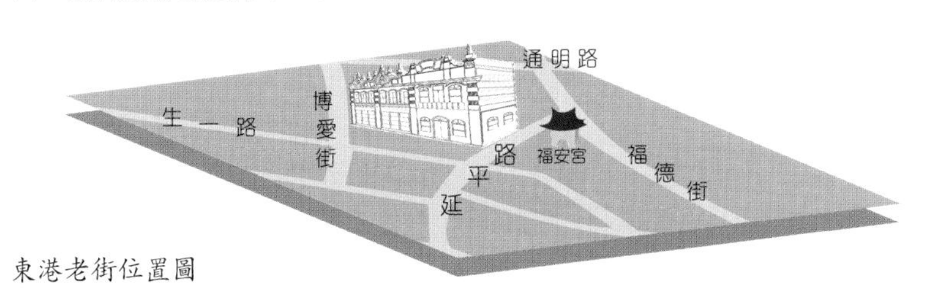

東港老街位置圖

▲早期以巴洛克式裝飾為主的街屋，山頭形式繁複。

老街特色

東港鎮延平路的街屋年代包括清朝、日據和光復三個不同時期，兩排街屋新舊交錯，形成混雜的建築景觀。由於都會商圈不斷南移，不少曾經叱吒風雲的商家，因商機不再而顯得蒼老黯淡、維修乏力。

外牆貼掛大紅瓷磚的東港警察分局東濱分駐所，是日據年間最氣派的「官廳」——東港郡役所，三間毗連的兩層洋樓有延伸並立的三座山頭，中央採用花瓣型式，兩側則是左右對稱設計的階梯形狀，二樓門面壁柱寬厚，整體構造處處彰顯出最高行政機關的威嚴霸氣。不過，早年精雕細琢的外觀，目前已覆蓋在紅色瓷磚下，從此難以再見天日。

▲昭和年間現代主義形式的街屋，造型格局明顯異於早期。

另一棟日據時期的官方建築物，即「東港信用合作社」的前身——「東港信用組合」。三十多年前，東港信用合作社因業務推展迅速，辦公廳舍不敷使用，於是遷移到中正路另行興建，舊有建物出售後改為和春診所。

▲從這棟獨立的紅磚建屋，可以清楚看出日據時期的「立面」，只是在屋前加蓋一道裝飾性的門牆。

光復後至六十年代初期，延平路的商業色彩逐漸褪盡，醫療行業代之而起，成為各地少見的專業「醫師街」。全盛時期，幾乎數十步就有一家診所。後來隨著鎮內生活商圈重心往中正路、中山路擴展，大小診所也陸續跟著遷移。如今的延平路就像洗淨鉛華的白髮老婦，對於興衰起落的過往，也只能盡付笑談中了。

▲延平路上的新建街屋，設色亮麗，新穎搶眼。

賞遊景點

東港「東隆宮」是南台灣馳名遠近的王爺廟。每三年舉辦一次的王船祭已成爲台灣的宗教盛事及信仰特色，長達七天的醮期中可以目睹不少民間信仰的特殊儀式，燒王船及送瘟神更是醮典的重頭戲。

位於東港溪與林邊溪會流處的大鵬灣風景區，是個由海流與季風作用形成的內陸海灣，出海口附近的細沙海灘就是知名的「南平沙灘」。每年夏季期間，弄潮戲水的遊客出入不斷，十分熱鬧。

此外，從東港搭乘遊艇前往離島小琉球則是最近時興的玩法，利用周休二日就可飽覽小琉球風光，還可搭乘觀光潛水船欣賞姿態萬千的海草與珊瑚礁，以及美麗的熱帶魚群。

特產美食

東港是屏東縣沿海眾多漁港、漁澳中

▲水平帶上除了店鋪商號，還有屋主姓氏和行業的屬性。

最具規模的大型漁港，以東港爲基地的遠洋漁船不下千艘。此地漁民遠赴世界各地漁場捕魚，歷史由來已久。早年爲了南太平洋的魚貨運輸，漁商還特別斥資購買兩架波音七二七飛機，從密克羅尼西亞來回載運魚貨到關島，再用客機轉運至東京。

近年來漁業資源雖日漸匱乏，但東港依舊是台灣黑鮪魚、旗魚等大型魚類的主要貨源供應地。東港海產種類多且魚貨新鮮無比，天然的鮮甜滋味令人難忘。東港與小琉球渡船頭則有不少燒烤小吃攤，魷魚絲、魷魚燒及魷魚捲口味眾多，深受遊客喜愛。

▼東港漁業興盛，近海作業的大小漁船停泊在港口中。

豐田老街

▲廟埕西側的坤協盛雜貨店，浮雕圖案極爲生動。

屏東縣內埔鄉豐田村是十八世紀中葉發展而成的古老聚落。村內的新中路，是台灣地區罕見以村落型態出現的老街。村民信仰中心的三山國王廟、街道兩旁建於日據期間的街屋以及夕陽映照下的黃昏市場，共同構築出饒富客家特色的市街面貌，讓這條距離鄉治所在地有數里之遙的老街，充滿了濃郁的鄉情與人文特質。

▼廟埕東側的鴻祥雲雜貨店，開間格局與立面裝飾充滿濃厚的巴洛克式風格。

歷史背景

位於屏東縣西南隅的內埔鄉，開發時間約在清康熙二十五年（公元1686年）。在施琅平定台灣後，清廷繼續派遣部隊來台，當時有部分廣東省蕉嶺與梅縣出身的士兵，由安平登陸，屯田於府城台南東門一帶，後來輾轉遷至阿公店（岡山）。康熙三十一年解甲歸田後，被安置在屏東縣萬丹鄉的「濫濫庄」從事墾荒。

康熙六十年（公元1721年），朱一貴率眾作亂，爲保護家園及生命財產，墾首鍾沐純組成義勇民團，在屏東及高雄客家地區成立了一個名爲「六堆」的組織。

「六堆」，顧名思義是六隊的土話，分布在屏東縣的竹田鄉、內埔鄉、麟洛鄉、長治鄉、新埤鄉、萬巒鄉、佳冬鄉、高樹鄉以及高雄縣美濃鎮、六龜鄉一帶。其中，麟洛鄉與長治鄉爲前堆，萬巒鄉爲先鋒堆，竹田鄉爲中堆，佳冬鄉與新埤鄉爲左堆，高樹鄉與高雄縣的美濃鄉爲右堆，內埔鄉爲後堆。

▲豐田老街兩旁街屋經多次道路拓寬與改建，形貌已大幅改變。

▲村落中早期的三合院建築，不少已改建爲長條狀店鋪形式。

六堆的成員來自廣東、廣西、福建等不同省份，有共同的語言、風俗和生活習慣。因此，儘管六堆只是自治自衛的組織而非行政治理區，在經過二百多年後，彼此間仍維繫著情同兄弟的堅固情誼。

原先在「濫濫庄」墾殖的蕉嶺與梅縣士兵，於六堆組織架構底定後，分別前往各地加入墾殖行列。其中，位於屏東平原內部與山地交界的「後堆」內埔，由於隘寮溪水源豐沛，平原土壤肥沃，成爲墾民爭相湧入的地方。

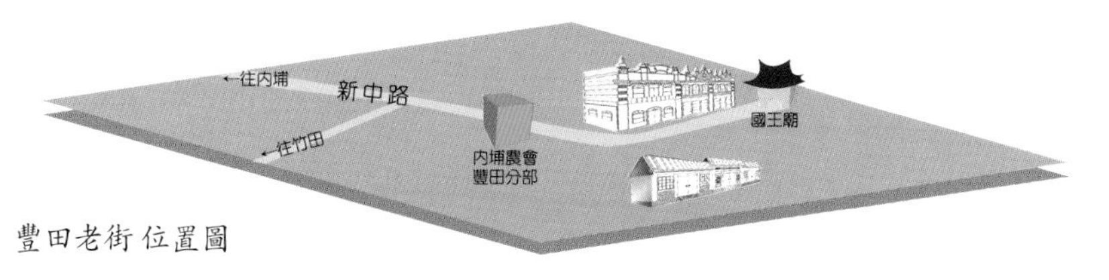

豐田老街 位置圖

舊稱「新北勢」的內埔鄉豐田村，是後堆開發最早的地區，從清康熙二十五年至六十年（公元1686年-1721年），漢人足跡已遍布當時稱爲「塔寮」的內埔鄉境，到了雍正末年及乾隆初期，豐田村已發展成爲山區與平原之間的貨物集散地，也是鄰近村落商業交易的重要市集。

老街特色

內埔鄉豐田村新中路是台灣南部「六堆」客家聚落中，較爲少見的一條村

▼新中路上相連的三間街屋，立面一氣呵成，山頭裝飾較爲簡單。

▲新中路街屋的紅磚瓦房是老街原有的建築景觀。

▲生性勤儉的客家居民，將堂號和門聯直接鐫刻於門上。

落式街道。新中路以客家守護神三山國王廟爲起點，從廟埕漸次向外延伸，形成廟宇廣場與街道建築這兩種不同性質的空間，彼此相互融合的特殊風貌。

新中路目前還能保有傳統聚落空間的特色，原因在於日據大正九年（公元1920年），日人實施市街改正時，將道路兩旁參差不齊的三合院聚落拆除，改建爲二層樓房，整條街道也全面拓寬爲十二公尺。由於街屋建築的時間先後不同，因而產生多樣化的街屋形式與立面裝飾。

廟埕東側的鴻祥雲雜貨店，是屋主鍾鴻上於大正十三年，專程前往苗栗，聘請知名客家工匠前來建造。該店採三段式、三開間的格局，立面爲仿巴洛克式的建築風格，女兒牆開朗寬闊，樓層之間的水平帶、圓拱窗、貼柱與拱心石等部分則採用歐洲古典樣式。

廟埕西側的坤協盛雜貨店，爲屋主鍾森全於大正九年至十三年間所建。

▲百年歷史的磚屋建築，鏤空牆窗上鑲嵌著少見的「壽」字瓷燒雕飾。

二層樓房外牆的牆面，原本以紅磚砌築而成，最近才以混凝土維修。女兒牆與山頭採用巴洛克式風格的浮雕裝飾，造型繁複且變化多端，浮雕圖案栩栩如生。

新中路的其餘街屋，大多是昭和年間所陸續興建的。雖然同爲二層樓房的形制，但立面的裝飾多半採用當時盛行的現代主義形式，著重空間水平線的協調性，外觀較爲樸實。

豐田村是客家六堆中的「後堆」，從新中路的街廓巷道轉入聚落住宅，不時都可見到精緻典雅的傳統客家建築、古井、古渠道，以及身穿藍布衫的老婦身影。濃郁的客家古風，令人流連忘返。

賞遊景點

想要瞭解豐田地區客家風情，國王宮廟埕廣場是個觀察與記錄的好地點。早上六點半左右，陸續從四面八方湧來的攤販，將整個廟埕廣場圍聚得像個熱鬧的小市場，早餐小點、豬肉販、蔬菜攤、水果攤、客家粿、糕餅麵包、糖果零食、流動五金小貨車以及各式各樣民生用品的攤位沿街擺設，提著菜籃的家庭主婦來回穿梭採購，一面忙著噓寒問暖，濃厚的人情味表露無遺。

到了傍晚時分，客家人特有的黃昏市場又再度將廟埕廣場圍聚得人潮熙攘，穿梭其間的大多是剛下班的職業婦女。夜幕低垂後，小販才陸陸續續收攤散去，廟埕廣場又恢復原有的安祥寧靜。

距離豐田村約四公里左右的內埔，是鄉治所在地。當地有句俗諺：「頭瀰濃，二萬巒，三玲珞，四內埔」，意思是說交通方便的內埔鄉不僅是六堆的中心，同時也是商業最爲繁榮的地方。內埔「天后宮」媽祖廟和鄰近竹田的忠義廟，至今仍是六堆自治與文化的中樞。媽祖廟旁邊的「昌黎祠」，是台灣地區唯一專門供奉唐朝大文豪韓愈的廟宇。

▼由街廓巷道轉入聚落住宅，眼前盡是客家樸實典雅的傳統建築。

媽宮舊街

▲中央街是台灣地區最早形成的市街，歷史悠久。

舊稱「媽宮街內」的中央街，不但是馬公市區的前身，同時也是台灣地區最古老的漢人聚落，開拓迄今已將近四百年的歷史。

澎湖最早的街市係以媽祖廟為中心，漸次向外拓展。當時市街的位置，就在今天馬公市中央里內、俗稱為「街內」的中央街。關於中央街由聚成邑的起因，在當地有兩種不同說法。有人說，早年中央街以媽祖宮東邊的橫巷為界，區分成為頂街和下街。也有人說，最初中央街以「四眼井」為頂街中心，聚集的居民逐漸增多後，才開始以又稱為「大井」的萬軍井為中心，慢慢往下街發展。

▼馬公中央街兩旁的低矮街屋緊密相鄰，街道更形狹窄。

▲以圓拱形爲門面的住屋，在台灣各地相當罕見。

歷史背景

澎湖縣治所在地的馬公市，舊稱「媽宮」。早年，又稱「大山嶼」的澎湖本島南甲海頭附近，建有一座奉祀媽祖的草廟，「媽宮」的地名即是由此而來。

馬公缺乏廣大的腹地可供農業耕種，沿海也沒有沉水海蝕平台可以採集魚貝。不過卻坐擁洋面寬闊的港埠，常年風平浪靜，加上鄰近海域深邃，可供大型船隻航行及停泊，傑出的地理位置讓馬公得以在十七世紀初成爲重要的軍事據點。

清康熙二十二年（公元1683年），清廷將台灣納入版圖後，把澎湖定位爲東南地區主要的軍事據點，在馬公設置水師協署，開始大興土木，許多和軍事、航海、民間信仰有關的建設，譬如衙門、遊擊營、守備署，乃至於祠壇、施公祠、眞武廟、觀音亭、水仙宮、關帝廟等，都是在這個時候陸續興建完成。馬公的傳統聚落也因軍隊的消費需求與日俱增，開始出現街市雛形。

十八世紀中葉，馬公地區的人口及經濟成長十分迅速，商業街區陸續擴大到海邊街、渡頭街、左營街、右營橫街、右營直街、大井頭街、倉前街（又稱右營後街）以及菜市，形成所謂的「七街一市」。

日據時期，日人爲了有效掌控台澎局勢，利用清廷遺留在馬公的衙署做

▲部分改建爲鋼筋水泥的現代建築，刻意保留昔日的石砌牆面。

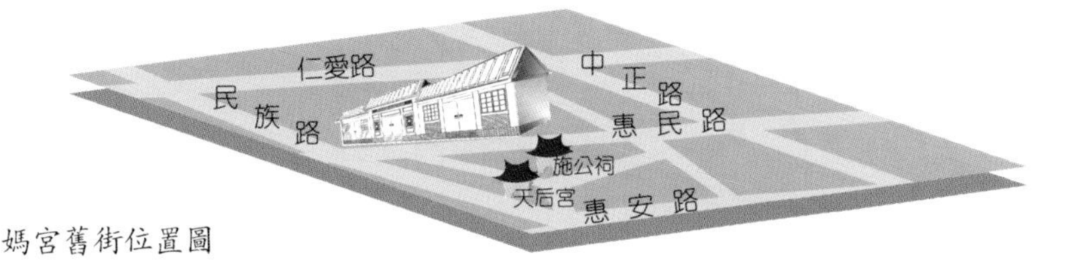

媽宮舊街位置圖

▲以硓砧石建造的圍牆，中間別出心裁的鑲嵌菱形裝飾。

為統治島廳，又以改進環境衛生之名，在馬公街區積極推動市區改正。甚至還假藉鞏固南疆重鎮為由，逐一拆除馬公南城牆及小南門、南門，將土石填於馬公港南側海灘，用以興建碼頭。民國二十六年，中日兩國戰雲密布，眼見情勢發展對日本越來越不利，日人又相繼拆除馬公東城牆、北城牆、東城門及北城門，利用拆除所得的土石來建造現代化碼頭，以供戰艦使用。

民國三十四年，國民政府接收台澎金馬之後，馬公市街的發展逐漸由「城牆都市」轉向近代化市容，原先北城牆以北地區陸續闢建為學校、縣政府、縣議會等各種公共設施。馬公

◀中央街周邊保存良好的西式樓房。

的都市計畫區域不斷向外圍發展，市街商業活動的地區也逐漸由天后宮中央街一帶，向東北方移動。

老街特色

馬公市是澎湖縣的首善之區，開發時間遠比台灣本島任何鄉鎮都來得早。可惜的是，近年來在急遽邁向現代化都會的衝擊之下，過去曾經是人文薈萃、市況熱鬧的商業中心——中央街，街道兩旁的老舊建築及蜿蜒狹窄的巷道，也不可避免地要面對時間無情的挑戰，昔日煙火千家的老街丰采已不復可見了。

▲這條狹窄巷道，當地居民也稱為「摸乳巷」。

◀翹簷弧線優美的澎湖天后宮媽祖廟。

美食特產

澎湖的小吃大多以魚貝海鮮爲主。馬公市區內較出名的地方有兩處，一處在三民路底的碼頭附近，另一處在仁愛路龍宮戲院附近的啓明市場內。前者營業的時間，從華燈初上的傍晚時分到深夜；後者則是從早上九點開始營業。

位於啓明市場旁的重光市場，以乾貨批發零售爲主，小卷絲、魷魚絲、丁香魚乾、金鉤蝦、海苔、紫菜、花生酥、海苔酥、蝦仁酥及鹹餅等各種想得到的乾貨，這裡都有得賣。

此外，澎湖的哈密瓜、加寶瓜、絲瓜、仙人掌以及被稱爲「澎湖四寶」的文石、貓公石、珊瑚、海樹，都是享有盛名的特產，隨意挑選數樣，自用或送人都十分合適。

民國七十三年間，中央街雖曾由內政部指定爲台灣第一個「歷史保存區」，但一方面由於政府相關單位缺乏積極作爲，二方面則因歷史保存區內限制屋舍改建的禁令，顯而易見「歷史保存區」非但不能挽救中央街逐漸殘破凋敝的頹勢，反而導致街區內原有的老舊房屋只能因陋就簡地維持現貌，在風雨中搖搖欲墜。

目前，中央街只剩下四十餘戶人家，其中絕大部分都是純住家。仍舊繼續經商營生的十三家店鋪，也只能零散賣些民生物品來勉強度日。

賞遊景點

馬公市中央街一帶，目前還保存著許多具有特色的史蹟文物和建築，天后宮、四眼井、施公祠、萬軍井、水仙宮等都是深具歷史意義與文化價值的珍貴古蹟。其中，廟史悠遠的天后宮素有「傳統建築藝術瑰寶」之譽，不論外觀或內部的巧飾造作都優美出眾，確實名副其實。

▼經常有大批遊客駐足觀賞的澎湖古蹟「四眼井」。

後浦模範街

金門縣金城鎮模範街，是日據年間由當地商會利用「僑匯」資金興建的一條洋樓街道，外觀近似新竹湖口老街的紅磚拱廊建築，雄偉壯觀的氣勢比起台灣各地老街一點也不遜色。

▲由金門縣商會利用僑資興建的模範街，紅磚拱廊宏偉壯觀。

這條歷經戰火洗禮，跨越數個不同朝代的老街，街屋形貌至今仍保存完好。美麗的一幢幢建築背後都有個感人的故事，讓流連在這條老街上的參觀者多了份遙想當年的浪漫想像。

▲由巨大磚柱與拱廊共同構成的紅磚建築，造型與新竹的湖口老街稍有不同。

◀歷經戰火洗禮卻依然完好無損的模範老街，又稱爲「煙火紅樓」。

▲街屋立面的窗楣，形狀分爲圓弧、雲彩及橫條等多種。

歷史背景

金門舊稱「浯洲」。相傳在公元四世紀晉朝年間，由於五胡亂華，中原板蕩不安，世家大族不願接受胡人統治，紛紛渡江南下避禍。晉元帝建武元年（公元317年），先後有蘇、陳、吳、蔡、呂等六姓家族輾轉逃至浯洲。據文史資料顯示，這是最早遷移至金門的漢人家族。

唐朝貞元十三年（公元798年），牧馬監陳淵奉派至此墾殖養馬，有許多墾民跟隨前來，逐漸形成散居村落。明洪武二十年（公元1378年），江夏侯周德興爲防禦倭寇侵擾，在浯洲島上構築城池。猶如銅牆鐵壁般的城廓，形勢「固若金湯，雄鎮海門」，因而取名爲「金門」。

明朝末年，鄭成功以金門爲「反清復明」基地，從荷蘭人手中收復台灣，前後與清廷抗拒十八年。明室敗亡後，朝廷爲防患叛軍餘逆死灰復燃，下令全島居民悉數遷徙內地，直到台灣併入清朝版圖，金門島民才又獲准重返家園。

金門早期的移民大多以水源充足、地力豐富、能夠避風禦寒，以及氏族社會關係等因素來選擇聚居地點。除了金門城、水頭、峰上、後埔、田埔、官澳、陳坑、烈嶼等軍事防禦巡檢司城外，其餘如瓊林、歐厝、珠山、山后、南北山等地，都是以單姓

▲模範街紅磚建築中，唯一外表經過洗石子處理的街屋。

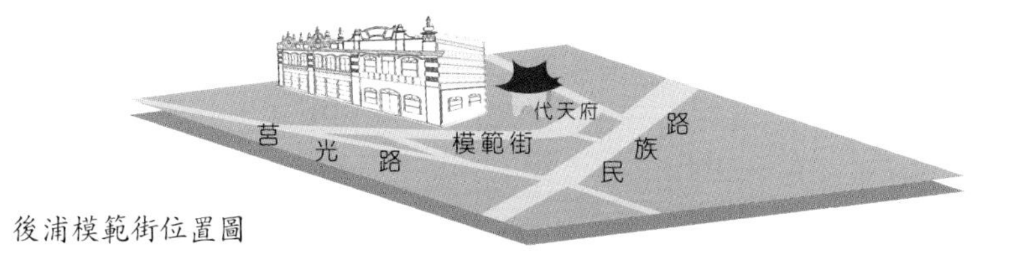

後浦模範街位置圖

▲金門的聚落建築有別於台灣常見的閩南形式。

血緣宗族爲主所形成的群居聚落。

十九世紀中葉至二十世紀三十年代，金門的青壯勞動人口相繼經由廈門，渡海前往南洋與日本等地謀生。這些離鄉背井在異地討生活的金門青年，省吃儉用地將他們辛苦存下的錢匯回故鄉，以改善家庭生計及建設金門。「僑匯」不僅用於修建道路、興建學堂宗祠，部分也用於整建故居。由僑匯資金興建的房屋，大多採用俗稱「番仔樓」的洋樓形式。這些氣派豪華、造型互異的洋樓，矗立在各個聚落的傳統宅屋中，特別醒目。

其中，尤以金門縣商會長傅錫祺在日據大正十三年（公元1924年），利用海外各地匯集僑資，在當年鄭成功訓練陸軍的內校場所興建的紅磚拱廊「模範街」最具特色。這條融合中西建築特色，具有日本大正風格的街道，歷經多次戰火衝擊卻能毫髮無損，確實難能可貴。

老街特色

後浦模範街，在金門軍管時期稱爲「自強街」。長條狀的二層洋樓街屋，分爲南北向長街與東西向短街，兩條街道呈穿透式「T」字型，全長約二百公尺左右，共有三十二棟。每間店鋪都以磚造爲主，正面大多爲紅磚拱廊形式，二樓的樓面開立三窗，有圓拱形與長方形兩式，部分圓形拱窗的窗額上還有造型不一的楣飾。

模範街的每間店鋪前緣都設有亭仔腳，廊道寬度不及三尺，屋宇的立面頂端多半以磚砌護欄，搭配葫蘆杆柱做爲裝飾，與台灣本島湖口、大溪、三峽等地老街大量使用繁複的巴洛克式雕塑大異其趣。

早年，模範街口建有日語稱爲「巴剎」的市場，與街上的店家相互輝映，形成熱鬧市集。民國五十年左右，金門縣政府曾以模範街後街口的

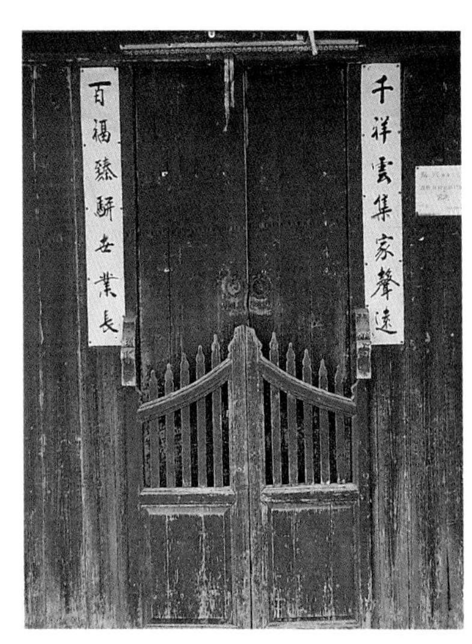

▲金門老街雖然建於日據時期，仍保留著中國傳統式的木門。

▲台閩地區保存最完整的邱良功母節孝坊，是老街附近的一級古蹟。

商會做爲臨時辦公廳舍，洽公民眾與莒光路市場熙攘的人潮，讓這條老街成爲戰地金門最繁榮的街肆。近年來則受到商業重心向邊緣轉移影響，不少店家已人去樓空。

賞遊景點

金門一向給人剛強、嚴肅的戰地印象，隨著解嚴後積極推展觀光事業，以及最近逐漸開放兩岸小三通，昔日不可侵犯的戰地面紗已完全褪去。

金門擁有豐富的人文景觀、湖光山色、傳統聚落，以及遍布島上的人文史蹟，頃近已成爲國內旅遊的新興勝地。過去長期受到軍管限制的金門，觀光資源維護良好。位於金門西半島的金城鎮，除了有「煙火紅樓」之稱的模範老街外，還有台閩地區保存最爲完整的一級古蹟邱良功母節孝坊、三級古蹟清朝總兵署，以及近郊的奎星樓、豐蓮山牧馬侯祠、古崗「漢影雲根」石刻、水頭村「黃氏引酉堂別業」、金門酒廠、文台寶塔、聚落老厝等，值得參訪的地點不可勝數。

小三通化暗爲明後的小額貿易，讓莒光路和中興路充斥著大陸貨物，普洱茶、香菇、大陸水果，乃至於衣服、鞋襪、玉石及古玩比比皆是，琳瑯滿目的便宜貨色，成了識途老馬最喜歡走走逛逛的「購物天堂」。

美食特產

金門除了膾炙人口的高粱酒、貢糖、菜刀等特產外，模範街一旁的莒光路上還有不少金門道地小吃，比如肉燥麵線、炸魚酥、金針燉土豆仁、蚵仔酥、豬腳燉芋頭、魚乾燉豆條、荸薺蘑菇湯、炒風螺、蜜汁排骨、廣東粥、石花四季蘭湯等，每樣小吃都可以吃出金門的特殊風味。

▲經濟部等相關單位全力打造的莒光路「金城商圈」，已成遊客逛街購物的好去處。

〔便覽〕

◆大正時期巴洛克式建築立面構造圖

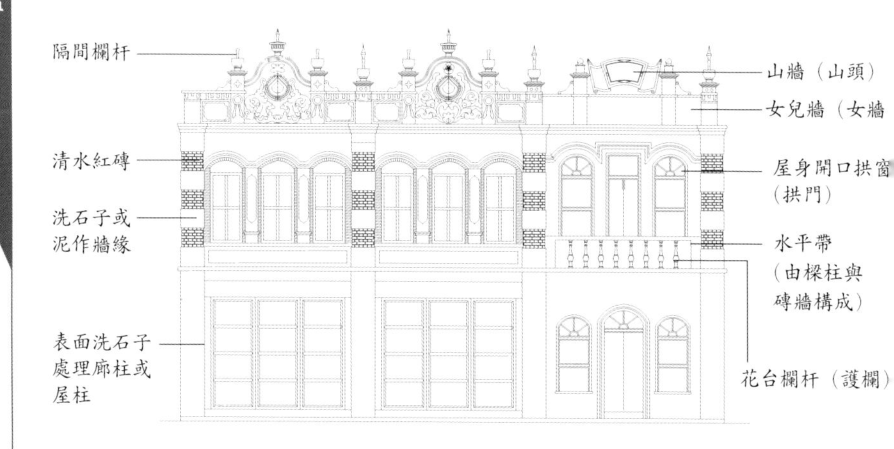

◆台灣主要老街的位置與現況

老街名稱	地點	特色及現況
開蘭第一街	宜蘭縣頭城鎮和平街	紅磚拱廊，街貌凌亂
崁仔頂街	基隆市仁愛區孝一路	都市街屋，夜間魚市壯觀
迪化老街	台北市大同區迪化街	巴洛克建築，著名年貨街
艋舺老街	台北市萬華區西園路、貴陽街	街幅廣闊，街貌複雜
汐止老街	台北縣汐止鎮中正路	老舊市街，街貌凌亂
深坑老街	台北縣深坑鄉深坑街	街屋多元，小吃林立
金山老街	台北縣金山鄉金包里街	傳統與巴洛克，街貌凌亂
淡水老街	台北縣淡水鎮重建街	丘陵階梯，街貌單調
新莊廟街	台北縣新莊市新莊路	傳統市街，廟宇林立
三峽老街	台北縣三峽鎮民權路	巴洛克建築，街貌完整

老街名稱	地點	特色及現況
陶瓷老街	台北縣鶯歌鎮尖山埔路	都市街屋，新式建築
大溪老街	桃園縣大溪鎮和平路	巴洛克建築，街貌多元
北門大街	新竹市北區北門街	都市街屋，樣貌多元
湖口老街	新竹縣湖口鄉湖鏡村	紅磚拱廊，整齊壯觀
北埔老街	新竹縣北埔鄉北埔街、廟前街	聚落市街，客家特色
苑裡老街	苗栗縣苑裡鎮天下路	都市街屋，聚落極具特色
犁頭店老街	台中市南屯路、萬和路	都市街屋，街貌單調
大墩老街	台中市中區三民路、民權路	都市街屋，幅員寬闊
梧棲舊街	台中縣梧棲鎮梧棲路	都市舊街，色調低沉
鹿港老街	彰化縣鹿港鎮中山路	巴洛克建築，街區多元
草屯新街	南投縣草屯鎮和平街	都市街屋，新舊並陳
西螺老街	雲林縣西螺鎮延平路	大正與昭和建築並存
斗六門大街	雲林縣斗六市太平路	巴洛克建築，宏偉壯觀
宮口老街	雲林縣北港鎮中山路	巴洛克建築，街貌複雜
奮起湖老街	嘉義縣竹崎鄉奮起湖	木構建築，山鄉聚落
台灣第一街	台南市安平區延平街	傳統舊街，街貌殘缺
甕仔城街	台南市西區信義街	傳統舊街，街貌零散
總爺古街	台南市北區崇安街	傳統舊街，街貌零散
新化老街	台南縣新化鎮中山路	巴洛克建築，街貌重造
麻豆老街	台南縣麻豆鎮中山路、興中路	巴洛克建築，街貌多元
善化老街	台南縣善化鎮中山路	城鎮街屋，街貌零散
旗山老街	高雄縣旗山鎮中山路、復興東街	巴洛克與石拱圈，多樣風貌
岡山中街	高雄縣岡山鎮平和街	都市街屋，街貌凌亂
哈瑪星老街	高雄市鼓山區鼓山一、二路	都市街屋，海港景觀
通山舊街	高雄市旗津區通山路	傳統舊街，屋貌多元不完整
東港老街	屏東縣東港鎮延平路	大正及昭和建築並存
豐田老街	屏東縣內埔鄉豐田街新中路	聚落街屋，客家集村
媽宮舊街	澎湖縣馬公鎮中央街	傳統舊街，屋貌古樸
後浦模範街	金門縣金城鎮模範街	紅磚拱廊，宏偉壯觀

索引

二～三劃

四～六劃

七～九劃

十～十二劃

十三劃以上

〔後記〕

走在歷史軌跡上

沈文台

每次獨自從彰化以北的地方開車返家時，總是習慣由溪洲和員林的出口下交流道，繞一段遠路穿過鋼樑身影錯落的西螺大橋，再緩緩沿著西螺小鎮市街返回虎尾。選擇繞個大圈子的理由，只是爲了想感受一下路過西螺大橋時，那種穿越時空長廊再置身於恬靜小鎮的感覺。

反複思考自己何以耽溺於這種感覺，原因只是懷舊。

懷舊，成了我繼《台灣燈塔圖鑑》之後，選擇「老街」作爲採訪題材的動力。 這些年來，我一直衷心地想要藉著紙筆，爲自己出生長大的這塊土地盡點文史工作者的綿薄之力，也爲生活在這塊土地上的人事物留下一些攙雜苦樂的影像記錄。只是，置身在當前這樣一個快速變遷的年代，台灣有太多東西總會在不知不覺中突然消失。老街便是其一。

我習慣將自己記憶中的老街通稱爲「老舊街道」，就像認識已久的老朋友，偶爾路過時總會想去看看。見到老街容顏日漸憔悴，甚至傾圮衰頹，也總以年歲已高的老友終究不免凋零來自我安慰。然而，在幾次目睹數條老舊街道在怪手的摧殘下化爲烏有後，滿目瘡痍的景象令我驚覺再不及時做點什麼，一切可能會太遲了。

不論老街「汰舊換新」的理由爲何，以如此殘暴蠻橫的手段摧毀總讓人心痛。而除了痛心與無奈之外，還能替這些瓦礫殘堆的「老朋友」留下些什麼。

最後，我選擇用文字和圖像如實地記錄下目前還健在的「老朋友」。而個人的力量薄弱有限，對老街的所知所見亦難免有以蠡測海的疏漏。我只是如此期望，不自量力的我可以喚起更多有心者重視老街的存續，也許這是我唯一可以爲這些「老朋友」做到的事。

沈文台，1949生，雲林人。從事新聞傳播工作二十餘年，對台灣各地歷史文物、風土民情、信仰習俗及景觀風貌關注至深。長期深入田野，實際探勘。廣受好評的《台灣燈塔圖鑑》問世後，作者再花兩年的時間重新造訪全台重要老街，將其累積多年的資料一一補強、更新。期間由於數次天災慘重，街區面貌更迭而必須重返現場如實記錄。

台灣老街圖鑑

作者／攝影　沈文台
系列主編　謝宜英
特約執行編輯　莊雪珠
版面設計　陳穎青
美術編輯　李曉青
地圖電腦繪製　陳建宏
結構繪圖　葉成豐
封面設計　陳麗純
行銷企畫　鄭麗玉　陳金德　黃文慧
出版者　貓頭鷹出版社
發行人　蘇拾平
創辦人　郭重興
發行所　城邦文化事業股份有限公司
台北市愛國東路100號
service@cite.com.tw
香港發行所　城邦（香港）出版集團
電話：852-25086231／傳眞：852-25789337
馬新發行所　城邦（馬、新）出版集團
電話：603-90563833／傳眞：603-90562833
印刷　成陽彩色製版印刷股份有限公司
初版　2002年4月
讀者服務專線　（02）2396-5698
郵撥帳號　18966004　城邦文化股份有限公司
定價　新台幣450元
ISBN　957-469-995-1

國家圖書館出版品預行編目資料

臺灣老街圖鑑 / 沈文台作・攝影．　-- 初版．--
臺北市 ：貓頭鷹出版：城邦文化發行，
2002〔民91〕
面；　公分．--（臺灣珍藏系列）
含索引
ISBN　957-469-995-1（精裝）

1. 臺灣 － 描述與遊記

673.26　　91002460

金山老街
崁仔頂街
淡水老街
艋舺老街
汐止老街
迪化老街
深坑老街
陶瓷老街
新莊老街
三峽老街
大溪老街
北門老街
開蘭第一街
湖口老街
北埔老街
後埔模範街
苑裡老街
犁頭店老街
大墩老街